Anel de vidro

Ana Luisa Escorel

Anel de vidro

Edição revista e atualizada pela autora

todavia

Para a Clarisse e para a Laura, uma filha em cada mão,
na exata geografia de um estreito coração.

I

A praia era outra — areia áspera, ondas frias —, o litoral, o mesmo. Apenas muito abaixo na imensa costa amparada pelo mar. Tempos atrás sensação parecida: imersa até as narinas na água morna, filho pequeno, e o marido lá com os amigos sobre os grãos macios, textura de pó de arroz. Olhando o grupo de longe, descolou no intervalo de um relance daquela sina atrelada ao casamento recente:

— O que que eu estou fazendo aqui? — as palavras sopradas de fora para dentro, ela meio submersa e o aperto na boca do estômago. Dias depois fez as malas pegou o menino e foi-se embora para perto das irmãs, do pai, da mãe e da única cidade onde sabia viver: a sua. Não houve apelo nem promessas que adiantassem. Não queria e estava acabado. Tudo acabado.

Vida refeita, casamento novo, o filho crescido criado por um pai que não era dele, e mais uma vez a falta de alguma coisa que a moça não sabia o que fosse. Sentimento familiar sete anos depois, batendo na mesma altura do corpo em horário de sol a pino. Olhou fixo do mar para a areia retomando o ângulo seu conhecido. Fora, apenas nariz, olhos e parte da cabeça. Era como se punha, sozinha, estranhada de tudo, observando, dentro d'água, o que estava próximo, escapar: o segundo marido, os amigos, a camaradagem com a irmã caçula, com os ambulantes da praia, aplainados, um a um, pela inelutável sucessão de todos os dias.

— Saco!

O primeiro casamento havia sido um amontoado de frustrações. Das escapadelas do marido invariavelmente seguidas da mesma justificativa — Por que esse estardalhaço? Não significou nada, poxa, foi um impulso, nem sei a cor dos olhos dela! — até o convívio difícil com a sogra diante de quem o filho se comportava como um bassê amestrado. Porque era a sogra quem dirigia com mão de ferro o jornal da família interferindo, inclusive, no teor dos editoriais; contratava ou punha porta afora qualquer funcionário; decidia quanto aplicar e em que papéis o lucro nada desprezível de cada trimestre; fixava o teto das retiradas do filho, tentando fazer dele um relações-públicas eficiente, ajustado ao convívio de todos os que pudessem trazer vantagens para a empresa, fossem quem fossem; mantinha longe o próprio marido, boa pessoa, coitado, envolvendo-o com questões de reflorestamento nas fazendas onde os pais dela, os avós e os bisavós — três gerações de criadores de gado indiferentes à predação — haviam feito um deserto das terras ricas onde a família aprumara financeiramente, cento e cinquenta anos antes. Era a sogra, enfim, quem se preocupava com o crescente distanciamento da nora frente a um grupo como o que a moça passara a integrar, muitíssimo bem colocado na hierarquia social da região. E por isso não economizava palavras nem tinha cuidado com elas, despejando opiniões definitivas acerca de como deveria compor dias e horários, para conciliar as obrigações simultâneas de mãe atenta e membro daquela sociedade provinciana onde acabara de aportar.

No começo a moça achou graça. Até porque os discursos vinham no dialeto local, torneando as frases de uma sonoridade pitoresca para qualquer ouvido recém-chegado. Mas com o tempo e a repetição na cantilena foi surgindo uma resistência espessa levando-a a fazer o oposto do que esperavam que fizesse. Então a ruptura veio definitiva, provocada pela aliança insuspeitada unindo-a ao sogro, aro frágil, como ela própria, na cadeia formada pelo marido, a mãe dele, parentes e aderentes. Sobrinhos, sobrinhas, primos, primas, amigos, amigas, mais funcionários grados do jornal, bajuladores contumazes que não perdiam ocasião — todos — de investir contra o pobre homem das mais diferentes maneiras, seguros do efeito positivo sobre aquele clã de corte matriarcal.

Amasiado com uma cabocla desde muitos anos, o sogro havia tido com ela um casal e os quatro formavam uma família alegre e harmoniosa. Fora a saída para não se aplastar sob o pouco-caso da mulher legítima expresso já nos primeiros tempos do casamento; mais adiante pelo desdém do próprio filho — fruto mal programado de uma união infeliz — e, de quebra, por todos que transitavam pelas bordas da matriarca. Por isso não reagiu à separação simbólica — divórcio nem pensar —, a mulher se obstinava num catolicismo de aparência e o arremate legal não figurava em nenhum horizonte possível. Então foi para o interior cuidar das fazendas: a rica era ela e os arranjos quem determinava era ela também.

Origem mais para modesta, a decisão deve ter agradado. Sempre gostara de mato, pesca de rio e caça miúda. Sem estudo, devia saber que os atrativos não lhe vinham da instrução, muito menos da inteligência, mas do diâmetro do torso, do branco impresso nos dentes perfeitos e dos olhos esverdeados: se fizera atrás da estampa. No entanto, mesmo o capital físico tendo, provavelmente, contado muito, a aspereza cortante da mulher acabou decidindo o rumo do casamento, extinto o apreço aos músculos, ao sorriso doce e ao olhar cor de garapa. Trocados sem grandes hesitações pelo dia a dia frenético do jornal e pela estima desmedida ao filho único, senhor indiscutível de todos os afetos.

Mas nas famílias e na própria vida coisa alguma se move como peça em tabuleiro de xadrez, e o controle de cada um sobre os fatos à volta costuma se mostrar, antes, precário.

Desde o nascimento do neto o sogro passara a ir à cidade com frequência para estar com o menino. Então a moça que o tinha visto pouco — na cerimônia de noivado, no casamento, em quatro almoços de Natal e quatro aniversários do marido — começou a ter com ele uma convivência frequente em ritmo doméstico, livre das fagulhas dos dias de festa, afeiçoando-se ao homem nítido que em má hora se deixara levar pelos caprichos da herdeira rica. Aprendeu a conviver com os modos rudes, gesto acanhado; com o percurso sempre difícil entre pensamento e palavra; conseguiu perceber a tentativa — constante nele — de aliviar o real da inevitável cota de sordidez. Mas acima de tudo o afeto que ele derramava sobre o neto era tanto, a resposta do menino tamanha que, foi indo, não apenas avô e neto não podiam mais abrir mão um do outro, como ela encontrou, no convívio dos dois, a fórmula para aguentar a carga do trem de vida longe da família e da cidade onde nascera, trocados por um casamento em franco desvio. Porque era bonito ver o menino e o velho juntos brincando no entendimento lá deles — olhos do mesmo verde incerto, estrutura larga e músculos rentes à pele —, absortos como se a idade fosse a mesma e os interesses também.

Numa dessas tardes, os três no terraço aproveitando a brisa do mar em frente, chega o marido tomado por uma indisposição qualquer, cortando ao meio o dia de trabalho. Ao dar com avô e neto na harmonia de sempre e já irritado por causa do desconforto, avança para a mulher que arrasta pelo braço até o quarto, sem emitir som.

— Eu já não disse que não quero meu pai aqui toda semana?

— Mas na hora em que ele vem nem te encontra!

— Não interessa! Não quero e está acabado!

— Neto precisa de avô!

— Se precisa ou não precisa não vem ao caso e minha mãe, sabendo, vai ficar uma arara! O lugar dele é na roça com a mulher e os bastardinhos, cuidando das fazendas! Para isso é pago!

Educado na convenção de que aos homens da classe dele, tudo, às mulheres, quase nada, o marido não percebeu mas, a partir dali, a distância entre ele e a mulher se tornou intransponível.

De volta ao terraço encontrou o sogro de pé amassando a aba do chapéu, expressão contrafeita. No rompante o filho sequer tinha lhe dado boa-tarde.

— Já vai? — perguntou inquieta.

— Estou indo mais cedo, hoje. Parece que vem chuva grossa e no barro a viagem fica difícil.

A partir daí as visitas rarearam, atiçando as saudades no menino que reclamava pelo avô. O coitado, por sua vez, também devia se torcer na falta do neto, mas não estava disposto — e era compreensível — a ficar sujeito ao mau humor do filho a quem sempre fora pouco ligado. Filhos para ele, na verdade, eram os que tinha tido com a cabocla, que o tratavam com o merecimento devido e dos quais gostava como a mais nada nesse mundo.

Não deu meio ano para a moça trazer a carga da insatisfação à tona: estava cheia daquela vida e ia embora!

Aí foi um aranzel. Marido e sogra tentaram todos os meios conhecidos de ambos para interferir na decisão, começando pela ameaça, até chegar no peloamordedeus, ou pelafelicidadedoseufilho, conforme o dia e a inclinação retórica do momento. Tempo perdido, energia jogada fora até, num dado ponto, ter sido necessária a interferência do pai dela para as coisas não entrarem por um atalho perigoso.

Então, poucos dias antes da viagem o sogro apareceu abatido para dizer adeus. Bom marceneiro, quando não era da caça ou da pesca o descanso dele vinha da oficina que erguera no fundo da casa, de onde saíam brinquedos para os filhos, colheres para dar ponto em doce, cuias e tigelas de tamanhos variados, mais um tanto de outras peças para a lida na cozinha. Pensando no menino fizera uma oncinha linda, linda, de jacareúba, na iminência do bote: poucos centímetros de comprimento por cerca de meio palmo de altura. Pensando na moça, uma farinheira de mogno, perfeição de fatura e acabamento, joia certa em qualquer mesa.

O velho e os presentes ficaram como a melhor lembrança daquela despedida.

Depois da separação ela correu atrás de quase tudo para mudar o curso da vida. Largou a carreira de mulher sustentada e, desamarfanhando o diploma — comunicação —, saiu à cata de emprego pedindo daqui e dali aos conhecidos influentes. Afinal, desde o início dos tempos era por obra e graça de gente desse naipe mesmo que o globo terrestre se movia. Então depois de algum empenho dela e dos seus, acabou aceita no departamento de comercialização do produto, numa empresa pública da área da cultura, aprendendo a lidar com pessoas de certo modo menos previsíveis do que os empresários de médio, alto e altíssimo coturno, por exemplo, entre os quais crescera, ouvidos ocupados por discursos sobre finanças, cotação de moedas — quantas! — e o desfiar das inúmeras estratégias para o embolso de comissões. Temas recorrentes nos almoços, jantares, viagens à serra e passeios de barco em todos os fins de semana.

No trabalho o quadro era outro. Cada funcionário tinha formato próprio, fazendo da empresa aquele microcosmo fervilhante que tanto a interessara, desde o começo. Gente de feitio variado, a maioria de extração diversa da sua, distando anos-luz das séries praticamente idênticas de indivíduos com perfil monocórdico e destino pretraçado, fundidos na matriz da qual ela mesma tinha saído.

Além dos colegas o cargo a punha em contato permanente com outro grupo: o dos candidatos aos financiamentos e seus agregados, profissionais responsáveis pelas muitas etapas da circulação de cada produto. Aí também a diferença entre os tipos era grande e, pouco a pouco, convivendo nesse ambiente, foi se familiarizando com a dinâmica dos lançamentos e polindo o texto com que encenava docilidade aos poderosos canais distribuidores. Esperta, logo ganhou segurança trazendo para as reuniões internas o mesmo tom insolente a que se dava o direito no trato com domésticas, atendentes de lojas, manicures e empregados dos clubes elegantes a que ia, desde pequena: firmava a voz e a expressão, navegando — impávida — sobre todos os metais. Além disso, em pouco tempo conseguiu identificar uma aliada preciosa na insegurança dos que não poriam os projetos em pé sem o apoio da estatal. Foi aprendendo a dispor da fragilidade alheia e, somando a esse, dois ou três outros expedientes movidos com alguma habilidade, tornou-se fina negociadora de interesses — as razões da criação em um campo, as cifras exigidas pelo mercado em outro, as conveniências da empresa, num terceiro. Então logo começou a ser vista como quadro de extrema eficiência, gostando bem dos efeitos emanados do pequeno poder ganho sobre os postulantes crônicos ao ouro do Estado. E sem que se desse conta, a empresa foi tomando os espaços mal ocupados da vida que sempre levara, contribuindo para definir uma identidade — a sua — até ali em suspenso, dado o crivo frívolo da família de onde tinha vindo, em choque frontal com os valores daquele mundo voltado para a cultura a que nunca pertencera, sempre admirara e onde pretendia se manter a qualquer custo. Agora tinha profissão, colegas, superiores hierárquicos — subalternos, inclusive — e uma atividade que a situava perto de quem a vida toda quisera estar. Os feriados na serra, com os pais, ou na ilha, com a irmã milionária, não representavam mais grande sofrimento. Diferente de antes, ela lá, desenraizada, distante dos hábitos deles, estrangeira em um meio no qual não se reconhecia desde o fim do casamento. Porque pouco tempo depois de admitida na empresa, descobrira como atrair a conversa para os assuntos do trabalho, esotéricos para aquele grupo de amigos e parentes voltado para outros mitos, praticante de outros ritos, fazendo pergunta atrás de pergunta na curiosidade típica dos não iniciados. As mulheres, então!

— Esteve com ele?!!

— Faz parte...

— Gato, como nos jornais?

— É...

— Te deu bola?

— Casado!

— E daí?

— ...

Nessas ocasiões, entre um drinque e outro, largava dois ou três gestos vagos, no fundo satisfeita com a reação das irmãs e das amigas, todas de biquíni, tostando as pernas no sol forte da ilha; ou então esperando o almoço na serra, junto à beira de alguma piscina. O convívio com aquele setor da produção cultural conferia certo prestígio e ela gostava.

Foi na própria empresa que acabou conhecendo o segundo marido, homem de origem social e ocupação diferentes do primeiro.

Durante algum tempo esteve voltada só para o trabalho, comprometida em reter a maior soma de informação no menor espaço de tempo, buscando um desempenho que justificasse o contrato intermediado pelas relações influentes. Além disso, não era funcionária pública, não tinha estabilidade, portanto, mas queria ser tratada com respeito por todos, das faxineiras ao presidente da empresa: caprichava nas tarefas para se destacar. Por isso nas primeiras semanas não se envolveu com homem nenhum lá dentro, evitando a mistura das esferas. Melhor assim embora sempre houvesse quem tentasse romper o cerco. Tinha um que se sobressaía: dava passagem nos corredores, puxava a cadeira na cantina, abria a porta do carro quando se cruzavam na garagem, o tempo todo buscando mostrar familiaridade com as maneiras do mundo de onde ela vinha. No começo achou divertido mas a coisa foi num crescendo tal que, passado certo tempo nessa insistência, dada sexta-feira, depois do expediente, foi convencida a trocar o chope coletivo com os colegas por outro a dois, mesmo ele sendo casado. Não convinha exagerar nas reticências, afinal era quadro influente, responsável por um setor importante da empresa e vivia fazendo olho doce.

A partir das cinco e meia, seis da tarde, as sextas-feiras no centro viravam uma festa entrando madrugada adentro. Os bares tomavam conta das ruas e se estendiam para além das próprias fachadas, emendando gente, mesas, cadeiras e burburinho, num alarido exaltado e serpenteante onde apenas se ouvia quem falasse aos berros. E distribuindo coices sobre o que topasse pela frente, uma energia represada ao longo de cinco dias corcoveava sem peias. Nesse cenário os dois se acomodaram no canto de um botequim, a moça aliviada com o movimento e o barulho em volta: evitava climas ambíguos tal a altura do tom para que pudessem se ouvir. Pediram um chope, depois outro, comeram alguma coisa, ela, olhar atraído pelo mau gosto da aliança grossa, ouro excessivamente vermelho faiscando na mão viril, como que talhada a golpes curtos.

Os sessenta minutos passaram depressa: o rapaz sempre vivo, gesticulante, a rapidez do raciocínio aguçada pela excitação do primeiro encontro; a moça mais para quieta, observadora, acolhendo aquela movimentação em volta como tangará em tempo de cruza, paciente com os trinados e os rodopios do macho.

Saíram dali para o estacionamento da empresa e cada qual pegou seu carro, rumo a destinos diferentes.

Ele foi parar num restaurante com a mulher e um casal de amigos como contou ser hábito, todas as sextas-feiras. Ela se meteu na cama para ver filme na televisão, depois de engolir uma sopa e elogiar os desenhos e as colagens que o filho tinha trazido da escola. No dia seguinte seguia para o fim de semana ao pé da serra com os pais, a irmã caçula e o menino.

Segunda-feira o encontro no corredor foi mais caloroso que de hábito:

— E o jantar?

— A coisa de sempre... Seu filho? Encontrou ele acordado?

— Encontrei...

A partir desse dia os contatos foram vindo um atrás do outro, as conversas se multiplicando e os pretextos ampliados para consultas mútuas de toda sorte por qualquer razão, em repetidos momentos durante o expediente. Quando a moça deu por si já não sabia mais se passar daquela mão firme nem da aliança avermelhada reluzindo nela. Nem ficar muito tempo longe do sotaque doce da região longínqua dele, da fala mansa em ritmo lento que o desterro, anos longe de casa, havia apenas atenuado. Agora, era o chope da sexta-feira que dava graça à semana e nunca mais foi repartido com os colegas: iam sempre só os dois. Passaram a escolher lugares cada vez menos frequentados até que depois de certo tempo nessa batida, num dado começo de noite, sem que ela percebesse bem o que estava acontecendo, viu-se entre as quatro paredes de um quarto de motel. E o entendimento foi tal que era como se nunca tivesse feito diferente, perdida noite adentro sem nenhuma noção de tempo nem mais nada. E assim foram indo, meses a fio nesse contrabando amoroso, até a situação se tornar insustentável e o rapaz deixar para trás mulher e filho, transido de paixão.

Ela se comprazia com aquele fervor. Nas muitas ligações durante a vida — com o marido inclusive — tinha sempre retido o controle em entregas nunca mais que relativas. E como sequer conhecesse nem a mulher nem o filho do namorado, não via por que se impor o incômodo da flagelação. Aparou a angústia dele atenta, solidária, foi compreensiva, respeitando a tristeza pelo casamento prestes a se desfazer, tudo como convinha, não se abalando nada com questões de consciência até ouvir que a coisa estava feita: tinha saído de casa e queria viver com ela. Na verdade, gostou bem. Era justo do que precisava para refazer o percurso noutro meio e em novos moldes. Consolidava a mudança.

Num primeiro momento o núcleo familiar resistiu: de onde vinha aquele rapaz? Qual o sobrenome? E o pai, trabalhava em quê? A gente dela era do sul. Os avós paternos tinham se deslocado para o sudeste no exato momento em que o presidente da República quebrara o dorso da velha oligarquia. Integravam uma classe dominante recente, marcada pela fidelidade ao chefe, no esforço de modernizar o país daquela maneira entre truculenta e ardilosa, própria dele. Em troca receberam cargos, privilégios, se arranjando em bons casamentos e boas posições. Era natural desconfiarem dos recém-vindos, eles que haviam acabado de chegar onde estavam. A mãe, principalmente, custou a engolir o genro novo:

— Um desperdício, tão bonita! Podia casar outra vez com quem quisesse e jogando o futuro pela janela com um rapaz sem eira nem beira!

Para ela a separação da filha fora um desastre:

— Gente conhecida, posição sólida, donos do jornal de maior circulação no estado, tinha a vida ganha numa cidade com todos os recursos! E a casa, então? Ma-ra-vi-lho-sa! No meio de um jardim imenso de frente para aquele mar verde a perder de vista e ainda por cima cheia de empregados! O que ela queria mais?!

Quando a mãe começava a diatribe era inútil, ninguém conseguia pôr freio!

— Saco!

Aos poucos, com o tempo e para espanto seu a moça foi vendo o marido novo se insinuar, paciente, família dela adentro. Dando, jeitoso, ao enteado a mesma atenção que dava ao próprio filho ganhou os avós muito próximos à criança, na opinião de ambos carregada para longe do pai por causa dos desejos inalcançáveis de uma jovem mulher a quem nada — nunca — parecia satisfazer plenamente. Além do mais, habituado a abrir caminho à foice, sem relações numa cidade que não era a sua e contando apenas com o próprio braço, o segundo marido foi progredindo a ponto de logo conseguir trocar a empresa onde tinham se conhecido por colocação mais vantajosa. Com isso o pai e a mãe foram desistindo da má vontade, se apegando a ele o tempo todo por perto solícito, presente como nunca fora o outro genro, sempre ocupadíssimo cortando o país de alto a baixo em algum dos jatinhos da companhia dele para dar conta das concorrências.

O golpe de misericórdia — a aceitação definitiva — chegou junto com um potro da raça crioula, surpresa do marido nos seis anos do menino. Que era para resolver o olho comprido para cima dos cavalos dos primos ricos, postos no sítio da serra para quando fossem visitar os avós. Dali para a frente ia ter um só dele e não precisava mais esperar os outros se ocuparem de coisas diferentes, esquecendo os animais, para dar suas voltas pela vizinhança, ao sopé da montanha.

Entrou ano, saiu ano — perto de sete — e marido e mulher seguiam na mesma camaradagem contando com o apoio mútuo, base do casamento no qual se mantinham: o que faltava num, via de regra o outro tinha de sobra. Ele continuava ascendendo profissionalmente a passos regulares, ela, sempre firme na estatal onde tinham se conhecido. E dada a natureza do trabalho de ambos — o compromisso em colocar bem o produto no mercado — acabavam participando de festas, jantares, coquetéis e lançamentos concorridos, onde apareciam sempre impecáveis. Além de ter aposentado a aliança de ouro vermelho, ele tinha aprendido a encomendar os ternos no alfaiate do sogro — fazendas da melhor qualidade, invariavelmente — e a distinguir a origem de cada gravata — inglesas, francesas e italianas — camisas sob medida fazendo companhia. Ela herdava pilhas de roupas assinadas que a irmã mais velha, mesmo talhe e estatura, tinha por norma usar só uma vez. Viajavam com frequência para dentro e fora do país, a passeio ou por conta do trabalho, e tudo corria no melhor dos mundos numa tranquilidade talvez excessiva para a ânsia de infinito da moça, quando aconteceu dela ter que encarar certos ajustes decorrentes de trocas na direção da empresa.

Já havia passado por uma ou duas dessas danças de cadeiras sem grandes sobressaltos e tudo indicava que as coisas não mudariam muito a partir dali, como não mudaram das outras vezes. O novo presidente era cria da casa e estava sendo transferido para o comando: o vice era novidade. Já haviam estado juntos para discutir questões relativas a estratégias comerciais e, na época, as reuniões correram bem, deixando a lembrança de um homem tranquilo, de convivência fácil, diferente da maioria ansiosa com que estava habituada a lidar. Tinham se encontrado, também, em dois ou três eventos onde pudera conferir as maneiras discretas. Dele e da mulher. Reservados, chegavam na hora impressa no convite e ficavam o tempo indispensável: parecia ser um casal harmonioso. Costumava observar, de longe, o jeito deles.

A estrutura funcional da empresa previa dois dirigentes e esse, o segundo em importância, vinha cheio de ideias, empenhado numa reestruturação administrativa profunda. Logo no primeiro dia chamou um a um os assessores mais diretos, entre os quais a moça, para o clássico contato inicial.

— E então? — perguntou cruzando com a colega que saía, depois de vinte minutos na sala do chefe novo. — Que tal?

— Um *charme*!

Quando chegou sua vez era tarde e o expediente estava no fim. Entrou ressabiada. Natural, era o primeiro despacho, e ele, na condição de superior hierárquico, um completo desconhecido.

— Como vai?

— Bem...

Polido, fez um ou dois comentários acerca das circunstâncias que, dali em diante, os poriam como colaboradores, enveredando, em seguida, pelo encadeamento a ser dado aos trabalhos. Falou, falou, falou e, a partir de certa altura, a atenção dela fugiu do sentido, atraída pelo compasso das frases, ritmo dos gestos — movimentação bonita das mãos — timbre de voz em cadência mansa, sílabas escandidas lentamente e raciocínio claro exposto com segurança. Dedos longos, no anular esquerdo uma aliança de platina — ou ouro branco, talvez —, desenho elegante, nem larga nem estreita demais. Camisa xadrez, quatro tons de azul, detalhes brancos e um verde-garrafa arrematando. Calça num dos azuis da camisa, as duas em algodão de boa qualidade. Sapatos não dava para ver direito, escondidos atrás da mesa, só a ponta — preta — de um dos pés, indo e vindo para frente e para trás, único sinal de que ele também talvez não estivesse à vontade na situação. E o olhar doce pousado nela não desviou um segundo, chegando sem ambiguidade: nada, mas nada mesmo além do estrito apoio ao que estava sendo dito.

— Combinado?

— Combinado...

O que teria sido combinado, Mãe de Deus?! Voltou à tona sem atinar com a natureza do pedido. Tudo bem, depois dava um jeito, punha as duas secretárias dele em campo e descobria.

Saiu mal contida nos limites do corpo — uma pressão na testa —, paredes e piso fora de foco e, no corredor, pés maquinalmente lançados sem muito comando. Ia ser bom trabalhar com ele, parecia calmo, educado, preciso...

Já era tarde. Expediente findo, pegou a bolsa na sala pouco adiante — no mesmo andar —, chamando o velho elevador pelo botão gasto bem no meio da placa arranhada pelo excesso de uso. Quando a porta abriu um braço aparou, segurando firme para não ter perigo da bandeira automática fechar em cima dela. Virou e deu com o sorriso discreto e a mão sustentando a mola. Era o chefe. Tinha chegado, silencioso, por trás.

— Obrigada!...

— Ora...

Desceram só os dois. Naquela altura o grosso do pessoal já tinha saído. Trocaram sem muita naturalidade duas ou três frases durante o trajeto rápido e se despediram na calçada.

Chegando em casa encontrou marido e filho na mesa, começando a jantar.

— Tarde!

— Minha reunião foi a última...

— Que tal ele?

— Parece tranquilo...

— Tem fama de exigente...

— Tem...

Os dias seguintes foram movimentados. As mudanças que o vice-presidente estava pondo em prática pediam empenho. Tudo precisava ser feito com rapidez para, segundo ele, não dar tempo de aprumarem as reações de quem estava acostumado com normas menos nítidas. Acreditava na proposta nova e também pretendia vê-la funcionando no rumo definido pelo presidente e por ele próprio. Então, sobrecarregada, custou a reencontrá-lo, atrás de cumprir a tarefa que lhe coubera, extraída habilmente das secretárias dele com quem tinha o hábito de conversar na hora do café: estavam sempre razoavelmente a par das operações da presidência e, em ocasiões até mais complicadas, já tinham sido de grande valia.

Quando voltou a vê-lo foi para dar conta da parte inicial do trabalho, confiado a ela na primeira reunião.

— Olá!

— Olá...

Examinou os documentos com atenção, fez algumas perguntas e agradeceu com um elogio. Tinha gostado. Nesse dia a camisa, xadrez de novo, combinava tons de bege com tirinhas brancas. Bonita como a outra. Calça cor de caramelo e sapatos marrons, a ponta de um dos pés entrando e saindo por debaixo da mesa na movimentação sua conhecida. Voz mansa, timbre redondo, podia ficar ali horas, ouvindo... Então antes de sair decidiu encompridar:

— Está gostando do trabalho?...

— Gostando?... Não sei se o termo seria esse...

E levantou atrás da mesa. Ela entendeu.

— Quando vai poder me entregar o resto?

— Pode ser nessa segunda?

— Pode... Não pode é passar...

— Não vai passar...

E saiu deixando como rastro o melhor sorriso.

Era a primeira vez que participava de coisa parecida na empresa, uma tentativa de mudança com aquele teor. Em casa contava para o marido e ele, conhecendo as questões e os instrumentos com os quais a nova direção estava operando, torcia o nariz:

— São uns inexperientes! Na prática as coisas não funcionam desse jeito!

Mas a moça estava totalmente identificada com o projeto não medindo esforços para vê-lo em pé, desdobrando-se em mil para atender a toda e qualquer solicitação da vice-presidência.

Certa manhã percebeu que o chefe estava saindo para um encontro de trabalho sem cartão de visitas. Então, vencendo a cerimônia imposta pela reserva natural dele, tocou no assunto:

— Não tem cartão?

— Não...

— Suas secretárias não providenciaram?

Ele riu, meio sem graça.

— Mas não pode! Vai explicar como?

— Pedir desculpa e dizer que ainda não ficou pronto...

No dia seguinte tomou a iniciativa. Sabia onde encomendar e resolveu o assunto em pouco tempo, entregando pessoalmente uma caixinha lacrada, com a eficiência habitual:

— Pronto, agora já tem cartão...

Percebeu boiando nos olhos dele que o gesto tinha caído bem... Ficou numa gratidão sem tamanho! Pelo jeito não devia ser nada bem tratado em casa, coitado, reagir assim a tão pouco! E as secretárias? Se ocupavam com o quê? De qualquer forma preferiu ficar quieta para não se indispor nem com uma nem com outra. Mas gostou de ter se associado à solução. Era mais um expediente para tocá-lo, dos muitos encontrados desde quando assumira o cargo, em janeiro.

O tempo passara rápido. Já se contavam quatro meses da troca de comando e do início das mudanças decorrentes. Houve, de fato, uma grita provocada pelas novas regras, e o telefone não parava de tocar enlouquecendo os funcionários e as funcionárias que se desdobravam nos esclarecimentos. Normal, tudo dentro do previsto.

Na empresa formara-se um pequeno destacamento comandado pelo presidente e seu vice, alguns quadros de carreira, mais assessores solidários com as mudanças, dispostos a apoiá-las a qualquer custo. Ela era das aliadas mais ardorosas, atitude que lhe rendia desentendimentos azedos com o marido, visão diferente do processo, achando, no fundo, estar sendo gasta muita energia para nada. Nessas ocasiões era impossível conciliar os pontos de vista e os dois só paravam de discutir caso abandonassem o assunto porque, concordar, não concordavam de jeito nenhum.

Tirante o movimento interno — deflagrado pelo presidente e seu vice —, dando colorido especial ao cotidiano de trabalho, havia outra razão para o entusiasmo da moça. Inesperada, é verdade, mas sempre conduzira com desenvoltura questões relativas ao próprio desejo e, nesse momento, o desejo dela se voltava, em bloco, para o chefe novo pelo qual tinha se apaixonado completa e irremediavelmente. Estava difícil esconder mesmo não recebendo retorno algum, apenas a cortesia habitual e o gesto distante: as razões do cargo acima de todas as outras. O que só servia para aguçar o encanto e a vontade imperiosa de tê-lo de forma exclusiva, em tempo integral. Nunca tinha sentido nada parecido, ia fazer o que com aquilo? E o marido? Não era bobo! Mais cedo ou mais tarde acabava desconfiando! Houve uma noite em que o chamou pelo nome do chefe e o pobre achou graça:

— Caramba! Você está obcecada mesmo com essa reforma!

Ela engrolou duas ou três palavras, saiu de perto e foi para o quarto, dormir.

Não era a primeira vez que se interessava por outro homem estando casada. Tinha acontecido com ela e acontecia, o tempo todo, com qualquer uma. A questão era decidir como encarar aquilo: deixava escorrer pelos dedos ou ia em frente?

O chefe não mostrava o comportamento usual dos homens com que cruzara até ali. Talvez porque, dada a profissão do pai, tivesse vivido muitos anos em países onde os direitos do cidadão — homem ou mulher — valiam mais do que a necessidade recorrente de afirmação de um sexo — o masculino — frente ao outro. Mas podia ser também que a doçura, o cuidado com o próximo em todas as ocasiões fossem da natureza dele mesmo.

Várias na empresa, das secretárias às assessoras, passando por muitas das que ocupavam cargos técnicos, caíam sob aquele encanto, destilado sem nenhum propósito de sedução. Traço que o tornava ainda mais atraente aos olhos de todas, em especial aos dela. Então, buscando estreitar a convivência, deslocando-a do plano exclusivo do trabalho, em determinada altura teve a ideia de reunir num jantar o presidente e o vice. O pretexto era conversarem sobre certas necessidades ligadas às mudanças em curso, num solo neutro onde pudessem falar mais livremente, ainda que o número 1 entrasse ali como Pilatos no Credo. Haviam sido colegas em administrações anteriores e mantinham certa camaradagem, mas ela só o escalara para que não desse muito na vista o interesse crescente pelo outro. Não estava conseguindo refrear o ardor e queria desferir as setas na forma de dois ou três indícios que revelassem ao chefe os sentimentos que tomavam conta dela. Assim, numa dada noite, armou tudo bem armado e lá seguiram os três depois do trabalho e das explicações em casa, cada um na sua.

Satisfação pura: ela e os dois quadros com maior poder dentro da empresa. Podia lançar olhares ambíguos à vontade para ambos e foi exatamente o que fez durante todo o jantar. Tudo fluiu no melhor dos mundos, o vice, como sempre, retraído, o outro, o número 1, conivente com aquele jogo de meias seduções que ele também praticava e do qual parecia gostar bastante. De trabalho não se falou e ninguém sentiu falta. Como se, numa espécie de acordo tácito, os três soubessem, de antemão, que o encontro ia era servir àquela dinâmica de ofertas e procuras veladas, habitual entre os sexos. Serviu também para outra coisa, na opinião dela, muito mais importante: a partir dali o olhar do chefe deixou de ser neutro passando a mostrar uma ponta de curiosidade. Vinha afetuoso, como sempre, mas, agora, detendo-se, como que empenhado em decifrar os sinais que ela despejava em cada encontro. De certa forma passada aquela noite os dois se aproximaram, e nos intervalos do trabalho já trocavam impressões de caráter mais pessoal. Assim, ficou sabendo que a mulher dele não ia bem, saúde enfraquecida por uma doença que os médicos não atinavam qual fosse.

Escusado dizer que, solícita e companheira, passou a mostrar extremo interesse pelo assunto, o que o deixava muito agradecido. Mostrar apenas porque interesse não tinha nenhum e, sentir, não sentia nada. Tinha nítida, aliás, a figura da mulher em alguns eventos organizados pela empresa, em torno do lançamento de produtos dos quais se esperava bom retorno. E também lembrava de um encontro casual logo depois da posse do chefe, em janeiro. Fora até a vice-presidência, tentando ser recebida com o pretexto de levar uns papéis mencionados na primeira reunião: estavam sumidos, eram importantes e tinha palmilhado céus e terra para encontrá-los. Chegando na antessala sentou, como de hábito, sobre a mesa de uma das secretárias que foi logo dizendo:

— A mulher dele está lá dentro e a agenda, lotada. Precisa mesmo entrar?

— Preciso, você dá um jeito?

— Só se for rápido...

— É que achei uns documentos...

— Cinco minutos?

— Está bom...

— Conhece a mulher dele?

— Vi umas vezes...

— Chique!

— É...

Lembrava bem desse dia. Do diálogo inteirinho com a secretária, da figura da mulher saindo da sala — bem-vestida, como sempre — sorriso formal pregado na boca e, o cumprimento, um leve aceno de cabeça ao estilo dos membros das casas reinantes quando aparecem em público. O que ela pensava da vida? Nojenta! Mal respondeu, tensa, sentindo-se ridícula em cima daquele tampo, pernas balançando no ar. Maquinalmente levou uma das unhas ao canino esquerdo, como sempre nas situações difíceis.

As semanas foram caminhando, a moça sempre por perto e o chefe cada vez mais sensível aos gestos largados pelo caminho. Por sua vez, a cerimônia entre os dois tinha diminuído bastante, mérito da habilidade e da pertinácia dela, boa tecelã de tramas em causa própria. Mas pequenos progressos estavam longe de atender à urgência crescente de tê-lo por um tempo sempre maior e sentir o olhar doce deslizando sobre ela no andamento suave com que, a partir da noite do jantar, passara a envolver cada frase na solicitação das tarefas de costume.

Havia períodos insuportavelmente longos — mais de semana! — em que não punha os olhos nele. Aí a agonia tomava conta e dispersavam-se as tentativas de concentração no trabalho, fôlego à deriva açoitado pela tempestade sentimental. Então, atrás apenas da voz — que fosse! — inventava pretextos para buscá-lo por telefone.

Quase impossível surpreendê-lo em casa, e mais ainda passar pela barreira da mulher, sempre em guarda no outro extremo da linha. Foi ficando complicado reter o alvoroço sozinha, precisava se abrir. Mas com quem?

No quadro de funcionários havia uma senhora no departamento jurídico chegada ao diretor e ao vice. Os três se conheciam havia tempos e o acaso os tinha juntado ali, naquele entroncamento da vida, apreensivos com o destino da estatal e com a natureza de várias de suas normas. Então alinhavou a aproximação, nas reuniões constantes com membros de diferentes setores, às voltas com o tema das mudanças. Gostava de ver a advogada desfiar os pontos de vista de maneira perspicaz, incisiva, e por duas ou mais vezes pegou-a surpreendendo as trocas de olhares arrastados entre ela e o chefe, cada vez mais frequentes. Em todas percebeu a atenção da outra, bastando isso para decidir atraí-la a seu campo, mesmo sabendo que, assim como o marido — um economista —, a advogada tinha relações com o chefe e a mulher. Com jeito começou a pescar informação — desde quando conhecia os dois? e ela, como era? diziam que inteligente... boa profissional, magra, elegante... — mas a simpatia da advogada, era visível, recaía só nele:

— Magra demais, elegante nem tanto e inteligente, bem menos do que se diz. Tem o rei na barriga, sabe como? Não entendo qual a graça que o marido vê ali! Nem o dela nem o meu! Quando dá de cruzar com ela, se desmancha todo... Ridículo!...

A moça retinha a má vontade. Então encontra daqui, encontra dali, conversa num dia, continua no outro, pelos cantos das salas, finais de corredores, acabou despejando a agonia — aos prantos — na advogada, numa tarde chuvosa, expediente já findo, as duas confinadas no estacionamento, esperando o aguaceiro acalmar para sair com os carros. O choro era sincero mas, graças a ele, estava segura de tocar a outra na volúpia evidente por romances alheios e na aversão, também evidente, pela mulher do chefe.

Imóvel, olhos pregados no relato, o corpo um bloco inteiriço pendendo sobre a moça, a advogada mal respirava. Não seria preciso nenhum esforço maior para perceber o tamanho da satisfação provocada pela confidência. E naquele quarto de hora juntas, a simpatia pela moça não emparelhou, nem de longe, com o prazer em relar nos detalhes — fazia tempo que estavam naquele clima? a mulher desconfiava? já tinham se encontrado fora da empresa? o que tinha acontecido? — e foi por aí afora num interrogatório pesado, excitando-se a cada resposta, como se elas tivessem o poder de espalhar, por toda a garagem, uma irresistível essência afrodisíaca.

A partir daquela tarde e, pelo jeito, determinada a intervir — como vértice do triângulo? — a advogada passou a promover situações, dando um jeito de pôr assessora e chefe em contato fora do trabalho, sempre que possível. Almoços rápidos entre o expediente da manhã e o da tarde; um chope antes de voltarem para casa; encontros em algum canto com amigos ou com o pessoal da empresa para depois saírem em bando, tarde da noite, à cata de algum restaurante, e por aí afora.

Num desses jantares com a advogada — o marido dela, outro economista, amigo do casal —, chefe e assessora sentaram lado a lado e durante pelo menos duas horas puderam se dedicar um ao outro sob a atenção sem disfarce da colega. Nessas ocasiões a moça inventava alguma história justificando em casa o horário improvável, sempre calçada na obrigação de participar da vida social da empresa. E ele? Que desculpas daria à mulher?

Certo dia surgiu uma viagem. O chefe precisava se reunir com um grupo grande, noutra cidade, para tratar de assunto espinhoso provocado pela mudança administrativa. A pretexto de não deixá-lo só em situação difícil, insinuou-se e foi junto.

Ele saiu-se bastante bem e a presença da moça, embora perfeitamente dispensável no plano do trabalho, teve a função de apoio afetivo. E mais uma vez, ficou agradecido.

Passaram a noite num hotel, cada qual em seu canto, ela tomada pela expectativa de que a qualquer momento o chefe ligaria, convidando para um jantar romântico, um drinque, ou qualquer das muitas possibilidades que costumam surgir entre um homem e uma mulher, quando estão sentimentalmente envolvidos e se veem longe da cena doméstica.

No avião, de volta, entraram por senda mais pessoal, acabando no tema recorrente da mulher dele: estava tuberculosa e tinha seguido para uma cura na montanha.

Mostrou-se compungida e como em outras vezes foi terna e solidária. Num impulso de simetria achou, por sua vez, também estar livre para confissões. Então deixando claro o cansaço com tudo aquilo, descreveu com minúcia a vida que estava levando desde o fim do primeiro casamento, enquistada entre a rotina da empresa e o fantástico universo das festas e viagens de jatinho a paraísos fiscais, no rumo habitual do lazer trilhado pela irmã casada com o milionário. Hábitos que deslumbravam o marido, mas cujo relato não teve o menor efeito sobre o chefe que ouviu tudo com a polidez de sempre, sem nenhum interesse aparente por aquele mundo extravagante, reafirmando o que ela já sabia: nele, a construção da personalidade passara ao largo do apreço pelo dinheiro.

Nos dias seguintes não o viu, tomado, como andava, por um sem-número de providências, despachos e reuniões, movimentação usual, enfim, dentro de qualquer empresa quando o ano vai acabando. Pobre dela que vivia como amputação a falta da fala mansa — olhar doce, gesto sereno —, as horas sem ele eram tempo suspenso em lugar nenhum. Então voltava para casa e, em vez de subir, punha o carro na garagem do prédio e saía pela rua numa ansiedade sem fim, tristeza pulsando violenta por dentro. Andava, andava, andava, respiração curta, plexo doído, fixada na fantasia de que, a qualquer instante, iria dar com ele na direção oposta, no outro sentido da mesma calçada, entregue a urgência igual pelos mesmos motivos.

— Que cara é essa? — perguntou o marido numa das vezes em que abriu a porta do apartamento, carregando o mundo.

— Nada... só um pouco de dor de cabeça...

Então depois de quase uma semana no mesmo desespero, o dia já começando a virar noite, atendeu a um telefonema da secretária dele:

— O chefe está chamando.

Sem o menor controle, e apesar dos saltos altíssimos, saiu correndo, coração aos pulos:

— Olá!

— Olá...

— Não temos nos visto...

— É...

— Tudo bem?

— Tudo... — E baixou a cabeça, fixando o tapete numa tristeza infinita, desdizendo a frase curta com a expressão do mais puro desalento. Silêncio arrastado em que acabaram se perdendo um nos olhos do outro e ele, senhor da iniciativa, sem encontrar a palavra adequada, arriscou depois de bom esforço:

— Precisamos entender o que está havendo... entre nós...

Ficou interdita, surpresa, recebendo como um afago o olhar pousado nela. Então, passado nem um átimo de segundo, moveu-se devagar, enfeitiçada, e colou o corpo no corpo dele beijando-o longamente na boca com uma paixão que nunca dera a homem nenhum.

Saíram dali direto para onde pudessem continuar o que haviam começado. Ela já sabia como arranjar pretextos: telefonou avisando que chegaria tarde. Ele não precisou, estava sozinho em casa. A mulher tinha viajado com as filhas fazia dois ou três dias.

Foram horas de entrega completa, aberta a comporta represada havia meses.

— Lembra daquela noite, no hotel?

— Lembro...

— Fiquei numa decepção...

— Por quê?

— Achei que a gente ia começar ali...

— ...

Abraçada nele como vinha tentando havia meses, pernas, braços e fantasia entregues, a moça evitava antecipar como seriam as coisas dali para a frente. Então ficou quieta, aninhada, sem vontade nenhuma de ir para casa, imprimindo na memória os detalhes daquela fenda no tempo pela qual se empenhara tanto.

Por perto de trinta dias se encontraram assim, sôfregos, ela, fazendo um esforço titânico para conciliar o casamento e a situação nova:

— Que desculpa você deu, hoje?

— Que ia dormir na casa da minha irmã caçula. Às vezes ela cai em depressão e me chama.

Sagaz e sempre reforçando com enredos os mais variados a necessidade permanente da companhia dele, afagava-lhe o ego garantindo evitar o marido desde que tinham começado a aventura. Ele fremia, vaidoso, acreditando na posse exclusiva.

Os meses haviam se escoado num relance e o ano estava quase no fim. Domingo na praia: a irmã, três ou quatro amigos e o marido, pregados numa conversinha chocha, sem graça... Levantou indo em direção ao mar e meteu-se n'água até a altura das narinas observando, quase coberta, o grupo habitualmente tão próximo se afastar léguas dos interesses dela. Ia fazer o que da vida?! Difícil aquele fingimento, a obrigação permanente de inventar desculpas para as escapadas e a convivência com um marido de quem se tornava dia a dia mais distante. Não fosse o carinho dele pelo filho com certeza já tinha ido embora. Mas prevendo o tamanho da encrenca continuava, covarde, a arrastar a situação torcendo pela interferência do imponderável.

— Saco!

Nesse ritmo houve uma noite em que os dois conseguiram sair juntos como namorados que não precisam esconder o afeto. Arriscaram e deu certo: ninguém conhecido nem no caminho nem durante o jantar. Boa ocasião para ouvi-lo como gostava, ficaria a vida toda escutando.

A divisão do ambiente mais o arranjo dos focos de luz — âmbar, para deixar as mulheres bonitas — davam total privacidade a cada mesa, toalhas e guardanapos âmbar também, alguns tons acima dos casacos dos garçons. Apenas o maître estava de preto, dos pés à cabeça, camisa e gravata, inclusive. Pelas paredes, de um bege tênue, gravuras com motivos vegetais variavam em torno dos ocres, verdes queimados e de uma escala rica em castanhos. Mesas com flores colhidas no dia, louça bonita, talheres e cristais finos, tudo adequado, discreto. Não conhecia, nunca tinha ido lá mas aceitara, confiante, a sugestão embora o endereço fosse inesperado e jamais pudesse supor um restaurante de nível metido numa rua daquelas.

Durante o jantar, em meio a descobertas que levavam sempre a mais e maiores afinidades, alimentando um clima de absoluta sintonia, olhar limpo, a certa altura — como se atendesse a um compromisso interno —, o namorado precisou dizer que gostava muito da mulher, muito mesmo. A moça reagiu como se reage ao descobrir trincada uma peça de estimação e alto valor — obra de mestre vidraceiro do final do século XIX, digamos —, algo partindo dentro dela, também. Deu-se um intervalo na atmosfera romântica e, com um gesto maquinal, quase levou a unha do anular esquerdo ao canino. Retomando o prumo com domínio invejável de si, na melhor técnica dramática, desviou do cacoete e do tema incômodo. Inclinando-se afetuosa para o namorado elogiou longamente o prato e o vinho, ambos escolhidos por ele.

Saíram dali para um motel, na mesma rua — as histórias que precisava inventar para o marido! — e como todos os outros o encontro foi longo e perfeito. Ainda assim, antes de se vestirem, foi tomada por uma compulsão incontrolável, forçando os limites num terreno pantanoso:

— Isso não tem futuro...

— ...

— Não queria que você fosse mais um caso na minha vida... Já tive tantos...

— ...

E caiu no choro, instalando o problema numa relação, até ali, voltada apenas para o prazer. Ele ao procurar acalmá-la se atrapalhou todo e não disse o que ela queria ouvir. Então ficaram largados por quase uma hora — nus — ela soluçando alto, encolhida como feto; ele mudo, tentando confortá-la no silêncio de um abraço, sem conseguir dar conta de tamanha agonia nem alento para tanta aflição.

Estavam quase no meio de janeiro. Fazia um ano que o namorado — ou chefe — tinha assumido com o amigo o comando da empresa e aquele ímpeto reformador todo, como era de se esperar, não caíra bem junto às instâncias superiores. Por causa disso o número 1 tinha pedido demissão e a ordem nova, nem bem aprumada, começava a ruir metodicamente. Então ele anunciou, demissionário também, estar indo passar um mês fora do país, para pôr ordem na cabeça depois de um ano difícil.

— Quer vir comigo?

— E meu marido?... Meu filho?... Sua mulher?...

— Minha mulher está doente!

A resposta veio seca, ríspida, num tom inesperado. Assustou, nunca ele tinha posto a voz naquela modulação nem a fisionomia estivera assim tensa, olhar beirando a crueldade, parecia outro homem! O que era aquilo? Ir como?

Dessa vez o encontro terminou triste, crispado, num fim de tarde no gabinete dele, depois da avaliação que estavam fazendo, juntos, de uma burocracia qualquer.

A advogada, por sua vez, sentia-se no direito de pedir mais e mais relatórios, com toda certeza, como paga pela ajuda:

— Estava feliz? E o namoro? A mulher tinha descoberto?

Respondia contrafeita, meio por alto, às vezes dando umas rateadas:

— Está querendo que eu vá junto, nessa viagem...

Havia certo tempo todos sabiam na empresa que depois da passagem do cargo, o vice ia viajar.

— Você está na dúvida por causa da mulher? Que saída ela tinha senão ficar doente?! Tuberculose não mata mais! Hoje em dia tem cura, minha filha! Eu é que não deixava escapar uma chance dessas!

Contrafeita, decepcionada com ela mesma por ter avançado o sinal, nas confidências, a moça se punia:

— Saco! Não tinha nada que ter baixado a guarda desse jeito!

A doença surgira em péssima hora. Se por um lado havia afastado a mulher de casa facilitando o acesso, por outro, acendera o remorso, atiçando questões de consciência. Não nela — mal conhecia a outra e nem estava preocupada com esse aspecto do problema —, nele. Deu para chegar retraído, expressão fechando a qualquer pretexto, carregado de senões que confundiam muito por causa das pausas difíceis, como se todos os assuntos incomodassem. Não voltara à carga insistindo no convite para a viagem. Então ela se lanhava por dentro, contraditória, insegura, desaguando irremediavelmente na queixa ou no choro em algum momento de todos os encontros, consciente da imprudência, era mais forte que sua vontade, uma espécie de atração pelo abismo. Havia sido assim em todas as experiências amorosas, menos no breve intervalo do primeiro casamento, quando tinha enfrentado tal acúmulo de acidentes para dar conta dos dias que não sobrara espaço para o impulso conhecido: desfazer com a mão esquerda o que havia feito com a direita. E como naquela altura do romance, por conta das mais diversas razões, o humor de ambos andasse oscilante, a moça ora pisava o inferno, ora o paraíso, equilibrando esse diálogo de opostos na síntese de uma sofreguidão sensual, atando-a obsessivamente ao namorado, sempre carente das superfícies dele. Porque nos três tempos — e a cada vez — a excitação era inexcedível. Antes, porque transpunha qualquer obstáculo para estar com ele, rendida pela antecipação do prazer; durante, quando se perdia do mundo escorregando entre os dedos firmes na vertigem de cada entrega; depois, prolongando a sensação, dia a dia, hora a hora, até emendar a lembrança na matéria ardente de um novo encontro.

Nesse intervalo, pouco mais de um mês entre o início do romance e a viagem que se anunciava próxima, a assessora volta e meia se pegava roída de ciúmes — o entendimento entre a mulher e ele seria igual? maior? menor? diferente? Nesse tormento se excedia numa voragem turbulenta impondo tais exigências eróticas que chegava a machucá-lo, dominada pela ânsia de um paroxismo dos sentidos que o afastasse de fantasias com qualquer outra — daquela dona ausente mais que todas — para viver apenas do toque viril ao qual se entregava com todas as fibras de seu desejo.

E ele? A moça se atormentava sem conseguir dar conta dos esgares derramados sobre o lençol, pareciam sinceros... Mas seriam sinceros assim como os dela que a cada encontro varava os limites do controle, estimulada pelas carícias estampando-a da cabeça aos pés? Ficava sempre a mesma dúvida: nele, aquilo era afeto ou busca de apoio, prazer físico e mais nada? Sempre vira o desejo nos homens como complexo, difícil, mas fora educada para se curvar às manifestações dos impulsos deles sem protesto. Porque no mundo de onde vinha, absorver passivamente aquelas reações em geral voltadas para a autossatisfação masculina caía como tributo à segurança material, à respeitabilidade e ao sossego. Por isso, prazer mesmo, tinha encontrado mais e melhor nas relações extraconjugais, com os próprios maridos, antes do casamento, e nas muitas aventuras mantidas até ali. Mas ao longo desses doze meses que se escoavam e amando verdadeiramente pela primeira vez, o assunto se reordenara nela, as demandas do afeto impondo normas cada vez mais claras. Que para se realizar dependeriam da capacidade que viesse a ter, no futuro, de voltar para outras direções a consciência dessa diferença de base que organizava o desejo nos homens e nas mulheres em campos distintos. Precisava se ver livre da imagem do par amoroso como antagonista potencial — conforme aprendera —, buscando faixas de entendimento mais amplas embora, no campo dos sentidos, homens e mulheres não falassem a mesma língua e, quanto a isso, nenhuma dúvida.

Então se esforçava para reduzir as distâncias dizendo com o corpo o que não sabia dizer de outra forma, tentando puxar por meio dele, fio a fio, a trama fechada em que se tecera o sistema afetivo do namorado. Que fugia de um bom número de assuntos e também não gostava nada que tocasse os territórios da emoção, nele, isolados do resto da personalidade por trancas de ferro: sempre que a moça vinha nessa insistência ele desviava com jeito, emendando noutra coisa. E tirante a agilidade verbal para atender as necessidades cotidianas da empresa, ela tinha consciência de que seu melhor desempenho não vinha da palavra. Muito menos das tentativas de incursão por tópicos mais complexos, ou pela temática densa do universo profissional que o tomava pelo menos doze horas, todos os dias. Na verdade, o diálogo entre os dois era feito de matéria simples e tinha sido mais fácil no princípio quando não estava em questão nenhum tipo de compromisso ou nada que fosse de natureza muito íntima e ambos conseguiam se divertir com qualquer coisa. Pretextos para ir levando a convivência a ultrapassar certa reserva, própria dos romances quando ainda estão no começo.

E assim foram indo até a viagem dele, criaturas dos respectivos dialetos, apesar do empenho da moça em transpor barreiras tocando o namorado um pouco mais fundo. De aproximação em aproximação, insegurança em insegurança, dúvidas e expectativas com as reações um do outro. Encontros e desencontros em meio às agonias e aos sobressaltos do contrabando amoroso, estado que costuma conferir ímpeto singular a circunstâncias que não teriam a mesma intensidade nem o mesmo sentido fora do solo escorregadio da transgressão.

No dia da viagem, levou-o ao aeroporto — coração apertado — e ficou sozinha, próxima ao limite da sala de embarque até ele sumir no espaço de trânsito, tornando, antes disso, os olhos tristes e um gesto incerto de adeus.

Nunca soube como dirigiu de volta: não enxergava nada, não conseguia pensar, pés e mãos engatados, agindo por conta própria. Nos poucos momentos em que escapou da fundura de si mesma, o que viu foi apenas um vidro salpicado d'água — chovia muito —, prismando luzes brancas, amarelas, verdes e vermelhas em todas as direções: brilhos cambiantes, sobre o fundo negro da noite alta.

Já em casa, enquanto o marido acompanhava um torneio de tênis pela televisão e o filho se despedia — estava indo dormir na casa de um amigo — desesperou-se no escuro entre soluços prensados contra o travesseiro, largada do mundo em cima da cama. Não precisava ter pressa, podia chorar à vontade. O jogo era entre craques, estava começando e dificilmente se resolveria antes de pelo menos duas, três horas.

2

Nunca mulher nenhuma tinha olhado para ele daquele jeito. No princípio pareceu apenas dedicada — um riso bonito —, gostava de ter a moça por perto amaciando a rotina tensa da empresa. Não que depois de casado jamais tivessem dado em cima. Tinham. Mais abertamente, pelo menos duas vezes. Primeiro, num congresso: era loura e bem bonita. Mestre em envolvimentos sem consequência o companheiro de quarto subia pelas paredes:

— Ah se fosse comigo!

Não estava interessado. O pacto com o casamento era mais forte. Então se fez de bobo e a moça acabou abandonando o cerco para desespero do outro que teria dado um braço por ela.

Anos mais tarde, uma que tinha acabado de conhecer no almoço do hotel, no mesmo seminário em que esteve emborcado por uns três ou quatro dias. Quando foi de noite bateu na porta do quarto, penhoar lilás, convidando sem rodeios para ir para cama. Uma dificuldade... Foi obrigado a dizer não. Aquela figura encostada na soleira coberta de babados transparentes de gosto impossível, olhos chispando como se quisessem derretê-lo... Meses depois soube que tinha engravidado, já era meio passada e queria um filho de qualquer jeito. Escapou de boa! Mulher tem dessas coisas... Também deram em cima umas colegas de equipe mas, fora de casa, o foco era sempre o trabalho, então registrava e seguia adiante sem dar muito pano para manga.

Mas agora a coisa era diferente. Outros tempos e a assessora mostrava uma disponibilidade que ele não conseguia entender direito. Casada, embora não se portasse como tal, destilando o tempo todo um olhar doce, prolongadíssimo. Desviava. Tinha mulher, filhas e era o chefe, ali, onde o trabalho impunha normas a salvo de acidentes: funções claras para serem bem cumpridas. Mas os olhos de corça insistiam. Podia mentir para os outros, para ele mesmo, não. Um problema... Sempre que a moça vinha latejava tudo até o pescoço, na altura da nuca. Francamente, acontecer aquilo justo com ele, sem preparo nenhum para aquele tipo de situação! Bonita lá isso era. E tinha uma desenvoltura toda particular. Lançava-se refreando o gesto no caminho, expressão suave organizada em torno dos olhos, que assim como buscavam podiam sumir, postos no chão. Perturbava muito... Antes discreta. E também não tinha descoberto a pólvora, como certamente diria a mulher se provasse cinco minutos de conversa com a moça, na mordacidade costumeira para tudo que ficasse aquém de um inatingível patamar de qualidade. Ia achar, ainda por cima, que a assessora se vestia mal se calçando pior, por causa dos saltos altíssimos, fininhos, usados em qualquer horário e ocasião, saltos que a obrigavam a um andar artificial, tinha de reconhecer. Mas ele não ligava. Conseguia até achar graça naquela movimentação afetada perseguindo uma elasticidade felina, talvez, e na escolha das peças de roupa, ora excessivamente monocromáticas, ora dissonantes demais. Além disso não estava interessado em mulher chique nem sabida: desse modelo já tinha uma em casa.

Para completar, a moça era incansável no empenho de remover pequenas questões em torno dele. Como passe de mágica, surgindo qualquer problema prático, lá estava a postos, dando conta, terçando lanças para fazer menos difícil a rotina do trabalho, prestativa e eficiente como as próprias secretárias não conseguiam ser. Tocava muito... Atenciosa, sem grandes desníveis de humor, ambições intelectuais modestas e universo mental bem mais acanhado que o de todos na esfera doméstica dele. Por isso mesmo bom arrimo na tentativa de fugir do galope interno cuja origem desconhecia, com o qual não estava sabendo conviver e que o lançava num campo novo de desejos. Tinha casado tão cedo! Era um sentimento espesso. Como se desde o nascimento estivesse com a existência atada à existência da mulher. Quem seria fora das ligações tecidas ao longo daqueles anos com a família, na profissão? Quem seria noutro ambiente? Longe, muito além, noutro pano de fundo, convivendo com pessoas diferentes, livre da sensação opressiva de ter aprumado a personalidade e definido a rota apoiando, a ambas, nos limites de horizontes que não ultrapassavam uma vizinhança próxima. Quem seria noutro tom? Noutra escala? Noutro cenário?

Fazia dois, três anos, começara a ser pego de assalto pela própria inquietação. A coisa tinha se fixado no interesse crescente pelas mulheres — quantas! — destemperado a órbita doméstica e atingido o trabalho. Um movimento sinuoso, espécie de ordem nova pedindo espaço, irrompendo lenta antes de se instalar no peito, invadir os quatro cantos da cabeça, e os músculos estirados como cordas de um instrumento sensível, pronto para o toque de qualquer uma, porque, feia ou bonita, toda mulher tem sempre algum encanto. A dele bem menos, encastelada numa frequência para lá de previsível. Em qualquer circunstância, só de bater o olho nela podia antecipar a reação. Fora que a mulher não tinha aprovado nada aquela história de vice-presidência. Talvez até estivesse certa e a decisão de ir parar no topo da empresa podia ter sido intempestiva. Ainda por cima pagando preço alto: para atender a uma urgência interna tinha suspendido a carreira, os projetos, e as leituras. Mas, naquele momento, o importante não era a disputa do certo com o errado, mas encontrar meios de aplacar o turbilhão. Na verdade, turbilhões: o de dentro e o outro, que estava enfrentando junto com o presidente por terem mexido na estrutura administrativa, provocando um desnorteio geral. Em casa não sentia apoio de espécie alguma todas as vezes que trazia à baila questões de trabalho. No fundo nem era com a mulher mesmo que tinha vontade de se abrir quanto a isso, preferindo três ou quatro colegas com os quais afinava, ou alguma assessora. Daria menos trabalho. Para a mulher tinha que explicar tudo, antevendo comentários que certamente o irritariam. E também estava difícil conviver com aquela queixa doméstica permanente. Além disso, não teria cabimento ficar exigindo atenção para o destino de questões estranhas ao universo de interesses dela. Mas, para o bem e para o mal, nesse momento era antes de tudo a empresa que galvanizava, em bloco, as energias dele.

Assim, de supressão em supressão, adiamento em adiamento, as coisas se amornaram entre marido e mulher. E mecanizada a sequência do cotidiano, a vida foi avançando sem muitas novidades em casa, o oposto do que ocorria no trabalho, onde o ritmo ficava cada vez mais vibrante com desafios, embates e surpresas se encadeando no curso das muitas horas de um expediente cada vez mais longo. Porque até ali se ocupara com os aspectos práticos da profissão. Agora, no cargo novo, estava comprometido com a gerência desses aspectos em projetos nos quais participava apenas da primeira etapa, criando condições para que se pusessem em pé. E aí estava implicado um feixe de situações burocráticas que iam do trato pessoal aos assuntos de caráter técnico e financeiro cujo andamento nem sempre atendia às expectativas dos envolvidos. Então, vira e mexe surgiam as dores de cabeça, o desgaste provocado pelos choques dos interesses e das personalidades, apesar de, no todo, tudo estar valendo a pena. Mesmo à custa da bajulação que passara a enfrentar; das decepções com colegas próximos; do trânsito obrigatório por valores para lá de convencionais; do horário pesadíssimo, afastando-o de qualquer coisa situada além dos limites do cargo.

Por sorte o presidente era amigo, um ou outro funcionário graduado também, situação que por si só facilitava o andamento dos dias. As assessoras, ativas, cada qual indispensável a seu modo e as secretárias sempre amáveis apesar de pouco atentas às miudezas de todas as horas.

Quanto às instalações: precárias. Sintomático da política daquele e de quase todos os governos imediatamente anteriores no trato com a cultura, seus espaços e instituições. Como emblema, o elevador caindo aos pedaços, ligando os doze andares. No vaivém intenso, a velha máquina estalava as cartilagens subindo e descendo dez horas contínuas de segunda a sexta, pondo em risco braços, pernas, ombros, quadris e as cabeças dos desavisados, sem agilidade para driblar a arritmia de mecanismos exaustos.

O comando de uma das grandes áreas da estatal impunha outro caráter aos relacionamentos, provocando deferências a que não estava habituado. Por causa disso via surgir em torno dele uma espécie de liturgia, incômoda no princípio — descabida mesmo — com a qual, no entanto, acabou se acostumando logo. E, diga-se de passagem, a aprovação reverente a tudo o que dizia ou fazia não vinha só dos funcionários. Os próprios companheiros de atividade, agora do outro lado da mesa, punham acento novo na expressão, entrando com atitude respeitosa nas conversas que cercavam cada projeto, cada pedido de financiamento. E, melhor de tudo, as mulheres, pelo menos boa parte delas, fossem o que fossem — funcionárias, colegas de trabalho, de profissão, postulantes a alguma coisa e até as conhecidas — mostravam outro comportamento aquecendo o olhar ou cruzando e descruzando as pernas embaixo das saias com extraordinária aplicação.

Não era nas pernas de todas que valia a pena deter o interesse e nem ele tinha o costume de fixá-las de forma escancarada. Ao longo dos anos criara e desenvolvera uma técnica pessoal para registrar encantos femininos, de alto a baixo, sem ser percebido. Sempre fora bom nisso, e nunca nenhuma conseguira surpreendê-lo no exame, de hábito, bastante minucioso. Resultado, era tido como discreto, polido e, no convívio, acabava despertando a ternura das moças — principalmente das de nível social mais modesto — intrigadas com a delicadeza, pouquíssimo comum na experiência delas. E também era muito bom aparar no corpo o interesse feminino. Até ali sempre se portara como polo ativo de alvo único, sedução e casamento tendo vindo de iniciativas dele que inseguro, anos a fio votara enorme reconhecimento à acolhida. Até o galope irromper massacrante por dentro, cerca de dois anos antes, fora todo convergência na mulher e apenas nela. Mas agora enfrentava, assustado, a dispersão do foco: a dona dos olhos tristes, por exemplo, problema próximo e concreto, tinha o dom de tirá-lo do prumo. Talvez porque entre todas as assessoras fosse a que mostrasse interesse mais assíduo.

Logo ao assumir começou a notar a presença constante da moça na própria sala, trazida por pretextos os mais diferentes e também na antessala, sempre de conversa com as secretárias, como para se certificar de que as duas o estavam tratando com a devida atenção. Sorriso aberto e olhar de uma doçura infinita vivia ali, ao alcance do primeiro chamado, rondando a necessidade que pudesse ter a qualquer momento, por qualquer motivo. No fim do primeiro semestre, depois de alguns meses de convivência próxima, tinha integrado ao cotidiano aquela solicitude e com certeza, a partir dali, não conseguiria mais ficar sem ela. A própria mulher já havia percebido os expedientes com que a assessora impunha a presença de maneira quase ostensiva, alcançando-o em casa a propósito de tudo. A ele restava desconversar. Pior. Covarde, sempre que o tema vinha à baila reagia áspero, insinuando que a mulher via coisas. Ia fazer o quê? Negava, mesmo consciente de que a dissimulação em nada condizia com o compromisso de transparência lavrado entre eles. E assim, um a um os princípios firmados começaram a ruir no casamento e na ordem interna do desejo e de tudo que envolvia o terreno do eu profundo. Era esse o núcleo do problema que nos últimos tempos fazia dele um homem cindido, tateando quase às cegas por atalhos imprecisos.

O ritmo teria ficado ainda mais duro caso não tivesse levantado algumas barreiras para se defender de tudo o que não dissesse respeito, apenas, ao circuito do trabalho. Fez-se prisioneiro do cargo e criou tais obstáculos para as aproximações que ele mesmo passou a cruzar, com dificuldade, a linha traçada entre a estreita topografia da empresa e o mundo fora dela.

Justo nesse momento, interesse voltado para além do ambiente familiar, irrompe o imponderável: a mulher adoece pedindo um mínimo de atenção. No princípio pensou em histeria, expediente para atá-lo quando precisava era de linha solta. Não que se queixasse nem quisesse a companhia dele nas consultas sem fim. Nunca deixara de ser independente na saúde e, na eventualidade daquela doença, continuava se desembrulhando sozinha, graças a Deus. Ele não teria tido recursos internos para dar conta de ambas a um só tempo: da empresa e da mulher fragilizada, porque a carga de trabalho sugava as energias de tal forma que o espaço da casa, desde o começo do ano, vinha servindo, apenas, para repô-las. Por isso os dias precisavam correr mansos: a mulher e as filhas quase invisíveis, provisões domésticas em dia, contas encaminhadas na data certa e jantar posto na mesa quando chegasse, caso nenhum compromisso o retivesse no trabalho, noite adentro. Tudo deslizando sem trepidação graças à companheira enérgica e disposta, condições que sempre asseguraram um conforto considerável e particularmente necessárias agora, depois que assumira o cargo envolvendo-se numa trama complexa de convivências. Mas os reflexos — excessivos, tinha que admitir — da função profissional na vida familiar deixavam a mulher contrafeita e os dois acabavam conversando pouco já que os assuntos tendiam a convergir para o mesmo ponto: a empresa ocupava todos os espaços com seus temas, horários, personagens e celebrações. Que remédio se tudo isso estivesse caindo mal? Tomada a decisão de impor um hiato no curso traçado — até ali, de certa coerência no trabalho e nas disposições dentro de casa — a vida corria como tinha que ser, plasmada nos moldes novos trazidos por ele.

Por outro lado, ainda não estava claro se haveria, de fato, algo mais inquietante naquela debilidade física, então ele oscilava entre inquietação e impaciência, conforme a circunstância. A mulher estava magérrima, de fato, mais do que sempre fora, tossindo muito uma tosse funda que a tomava de alto a baixo, sacudindo o corpo e dando ao rosto uma expressão de infinito sofrimento. Não haveria de ser nada grave, bronquite aguda, talvez. O que ele definitivamente não estava era podendo ficar às voltas com tantas consultas, diagnósticos, exames e culturas de material a que, de uma hora para outra, ela passara a se submeter. Na verdade, aquilo tudo caía como raio na conveniência do momento, na maneira como tentava dispor do pouco tempo livre porque, em definitivo, não era a uma doente que pretendia dedicá-lo, cabeça e emoção tomadas por outras inclinações.

Certo fim de tarde, sozinho na sala, expediente findo, o calor de um verão sufocante dando o ar da graça antes da hora, aparece sem ser anunciada a amiga, funcionária do departamento jurídico e, como o presidente, conhecida fazia anos. Os três eram camaradas e ela estava sendo preciosa para orientá-los nas mudanças de certas normas administrativas. Com domínio pleno dos estatutos e habilidade para fundamentar legalmente qualquer argumento na área de ação da empresa, tornara-se peça indispensável no esforço pelas reformas.

Não estranhou o excesso de familiaridade — ter entrado sem bater — quando levantou os olhos dos papéis dando com a advogada em frente à mesa, quieta, ar zombeteiro, na espera paciente de que tomasse conhecimento da presença dela. Bem mais velha, a amiga sempre dera à relação um toque maternal e, naquela altura, as secretárias já tinham ido embora. Por isso, nada pareceu fora do lugar.

— Que calor, hein?!...

— É...

— Como andam as coisas?

— Indo... Já nosso projeto...

— É assim mesmo, o ritmo costuma ser lento. Acho até que vocês conseguiram muito!

— Mas estamos longe, ainda...

— Bom, isso...

— E pelo andar da carruagem o Ministério acaba dando para trás...

— Periga...

— Francamente, questões tão simples!

— Simples para você, um meteco dentro da empresa! Para a máquina qualquer novidade é um susto.

— Não é à toa que nada funciona nesse maldito país!

— Me poupe do lugar-comum!

— ...

— O que você pensava? Que ia endireitar tudo da noite para o dia e fazer do vício virtude estalando os dedos?

— Não previa tanta dificuldade...

— Agora está vendo!

— ...

— Acho melhor a gente mudar de assunto! Já está indo?

— Não... Ainda preciso me entender pelo menos com uns dois processos...

— Então, até amanhã... Ah!... Quase ia esquecendo... Aquela sua assessora parece gostar bem de você...

— Qual? — perguntou dissimulando o sobressalto.

— Você sabe qual... Até amanhã! — E desapareceu. Mansamente como havia aparecido.

A sala estava envolta no lusco-fusco do fim da tarde. Sentado, mal podia distinguir o que ficava no trajeto entre a mesa e a porta: da janela vinha só um fiapo de luz, restos de claridade dissolvida contra as primeiras tentativas da noite. Atrás das pastas repletas de documentos, sem conseguir se concentrar em nenhuma, foi sendo tragado pela sensação de que estivera absolutamente só nos últimos trinta minutos, de que ninguém tinha entrado, nem vindo com opiniões fechadas sobre coisa nenhuma. Estaria sendo presa de si mesmo, dos barulhos ecoando por dentro, amontoados em desordem, meses a fio retidos no peito. Então, uma torrente de impressões desabou em cima dele, enquanto o crepúsculo imprimia nas paredes da sala, quase às escuras, sombras de seres mal conformados, ondulações perturbadoras que o forçavam com brutalidade para a boca de um túnel sem fim. Aos poucos se viu cingido por borras negras, manchas retorcidas, imprecisas, abantesmas movendo-se deslizantes no moto-contínuo da brisa entrando e saindo com insistência pela janela, quando, em dado momento, expressão moldada pelo ricto do espanto, todas descolaram das paredes a um só tempo para girar aos guinchos em torno dele, horrendas, movimentos cada vez mais acelerados, uivando velocíssimas uma arenga monocórdica, sem nexo, que lhe varava a cabeça ocupando-a com a alucinação galopante daquela ciranda feroz. Reduzido a mero contorno cor de chumbo, ele não se distinguia dos poucos móveis, dos objetos em cima da mesa e nem parecia menos inanimado que nenhum. Quanto tempo teria ficado assim, à mercê daqueles seres minúsculos, ruidosos, paralisado entre duas frequências até conseguir se livrar da vertigem, alcançando o botão da luz elétrica? Cinco? Dez? Quinze minutos? Cerca de meia hora?

Puro alívio. Foi pôr o dedo no interruptor e se desenharam os quatro cantos da sala. Pouco a pouco, acomodando a visão, retomou o prumo apoiado na camaradagem dos livros, estantes, mesa de trabalho, cadeiras, estofados para receber as visitas, todos companheiros fiéis do expediente diário. Então, abandonando de vez os documentos, jogou-se no sofá, extenuado. Não por conta da carga de trabalho — que era muita — e sim do tropel esmigalhando-lhe cabeça, tronco e membros numa intensidade renovada, mais a constatação irrefutável: estava completa e absolutamente seduzido pela assessora com olhar de corça batida. Sempre que a cabeça ficava livre dos encargos da empresa, era ocupada pela imagem da moça deitando os olhos pretos por cima dos olhos dele. Tentara, por muitas vezes, já, fazer frente ao assunto, pesando as implicações daquele envolvimento involuntário. Acabava sempre no mesmo pedaço: queria era levar a moça para a cama e poder sentir a maciez do resto assim como, por cerca de meses, se perdia na maciez da voz dela. E agora? Como combinar mulher, filhas, rotina doméstica com aquela compulsão puxando-o pelas entranhas? Até ali a insegurança o freara: nunca tinha vivido nada igual, não sabia como se portar e nem estava seguro de perceber na assessora inclinação parecida com a sua. Largado no sofá, foi lembrando das muitas ocasiões em que estivera na iminência de iniciativa totalmente impensável para os hábitos dele. Aproveitou o silêncio da empresa — sem mais ninguém àquela hora —, e a calma das ruas desertas doze andares abaixo, para se enredar pistas adentro, criatura dos pequenos sinais. Olhares, entonação de voz, meneios, mudanças repentinas na expressão, movimentos sutis de pernas e virilhas apertadas nas calças justas... Passara a simples joguete daquele pescoço esguio, oferecendo, a cada encontro, a pele unida, caminho aberto para os beijos que ele não estava mais conseguindo reter. Francamente! Ficar agoniado feito um efebo naquela altura da vida! De qualquer forma, fosse como fosse, o estímulo da cadeia dos sentidos serviu de alerta: recolheu dois ou três papéis, pôs na pasta e apagou a luz, deixando a sala atrás do elevador que, em momentos de distração, já tinha lhe despertado o corpo e a memória com o golpe certeiro da velha porta automática.

Chegando em casa a mulher, penalizada, fez um comentário qualquer acerca da hora e do excesso de trabalho. Agarrando a deixa suspirou, expressão cansada como a de todos os homens, quando pretendem passar a ideia de que, nem com empenho titânico, conseguem manter a esfera terrestre firme entre as escápulas:

— É... A carga anda pesada...

Jantaram só os dois quase sem se falar. Era tarde e as meninas já tinham ido para a cama.

Passada aquela noite tudo entrou numa disparada progressiva, de intensidade igual à que o lacerava por dentro, em ritmo sempre maior.

A mulher, de molho, contados já quarenta dias às voltas com médicos e exames, foi dada finalmente como tuberculosa. Quer dizer, tinha que ir para um clima adequado ao tratamento o quanto antes. Nestas circunstâncias, precisaria dar um jeito de conter a exasperação, em situações como a que trouxera certa manhã à casa deles a cunhada, solícita na tentativa de resolver o impasse em torno de umas radiografias. Porque ele pusera uma recusa terminante em buscá-las: estava achando aquilo um exagero, uma encenação, a mulher desfeita, largada de tudo, insistindo não ter forças para mover uma palha sequer. Paciência! Ele estava com a manhã toda comprometida: que se arranjassem as duas!

O tom ficando cada vez mais ríspido a cunhada, que assistia a cena, silenciosa, se prontificou a resolver o impasse indo até a clínica.

Antes assim, senão ele teria se atrasado para o trabalho!

Feito o diagnóstico o tratamento começou em seguida, porque não seria prudente alongar o que já contava com um atraso de trinta dias, provocado por pura inoperância médica. E aí a mulher enfrentou com bravura o mal-estar inicial causado pela droga, que parecia não ser pouco nem pequeno, ao cair-lhe no corpo enfraquecido como pó de chumbo. Quando era para fazer, ela fazia e ponto-final. Por isso não tocou a ele se ocupar com as providências. Confiava no bom senso e na disciplina dela que sempre tinha dedicado espaço considerável da rotina movimentada à saúde e à forma física: ficava difícil admitir uma doença daquelas numa mulher como a sua! Aturdido via tudo se precipitando em volta, sem saber qual a melhor saída para cada uma das situações abertas na frente dele: os desarranjos em casa por causa da viagem iminente das três; o fechamento do ano com todo o peso da carga burocrática; as dificuldades junto ao Ministério; o quadro impreciso com a assessora. E, pairando sobre paisagens tão diferentes, o alvoroço contínuo que o mantinha na mais profunda agonia. Diante desse horizonte tão complicado, tentou dar conta de cada uma das situações, na ordem que lhe pareceu viável.

Voltou-se primeiro para a família, buscando uma proximidade que naquele momento estava longe de interessá-lo. Mas sentia certa obrigação porque nos dois meses seguintes o afastamento seria inevitável e, coincidindo com as férias na escola, as meninas só voltariam para casa com a mãe, depois de controlada a febre diária, na melhor das hipóteses dali a uns sessenta dias.

Por sua vez, começara a ruminar uma viagem, ele também, para logo depois que entregasse o cargo, fato prestes a ocorrer, tantos e tais eram os desentendimentos com o Ministério. Mas não contou a ninguém. Foi convivendo sozinho com a ideia, tratando de inventar, antes de mais nada, alguma coisa para atender à esfera doméstica. Iriam ao cinema atrás de algo que se adequasse à fantasia das meninas e, depois, jantar fora. Assim foi e pouco antes das três viajarem partiram para uma noite juntos: marido, mulher e filhas.

Desastre completo. Correu tudo da pior maneira e o resultado foi um embaraço total.

O filme, escolhido para agradar às filhas, caiu como um petardo sobre a mulher que soluçou do princípio ao fim, provocando nele um estado de neurastenia sem limites. Durante toda a sessão deixou clara a contrariedade expressa com rispidez:

— Francamente, cair numa chantagem emocional dessas!

Saíram do cinema vendidos: as meninas, por causa da agressividade lançada sobre a mãe — tristíssima, rosto entumecido, olhos vermelhos de tanto chorar; ele, indisposto com as três, com o filme que tinha detestado e com a perspectiva da continuação daquele programa extemporâneo.

No restaurante as coisas não andaram melhor. As filhas olhavam para ele assustadas, hesitando na escolha dos pratos, o que só fazia aumentar o teor da impaciência, àquela altura completamente fora de controle. A mulher, por sua vez, atara com nó cego a máscara do sofrimento atrás do pescoço e mal falava. Quando falava, não era preciso mais que o timbre da voz dela para alçá-lo aos píncaros da irritação.

A noite terminou pesada, os quatro exaustos — cem quilos de frustrações nas costas — tentando, depois de horas do mais completo equívoco, processar um desacerto onde, pelo visto, naquele momento, não havia nada que desse jeito. Então poucos dias depois, se despedindo da mulher e das filhas, aliviado, tratou de resolver as outras situações já que, mal ou bem, a primeira fora vencida. Faltava conduzir o fechamento da atividade anual da empresa, a própria demissão e o caso com a assessora. Não nessa ordem, necessariamente.

Dali em diante, sozinho no apartamento, nenhuma testemunha para atos nem horários, livre das amarras conjugais que nos últimos tempos se habituara a contornar graças à prática recorrente da dissimulação, viu irromper um sentimento conhecido, espécie de sobra de outros tempos, quando todas as possibilidades que se abrem à juventude ainda estão no horizonte. Começou a sentir uma euforia, uma segurança no próprio vigor como havia tempos não experimentava iguais. Nesse impulso e sem compromisso com nada estranho à satisfação pessoal, acompanhou por telefone, mesmo assim, a chegada das três. Tinham viajado bem, estavam acomodadas e respirando um ar seco e limpo que certamente traria de volta a saúde da mulher, em pouco tempo.

Nesse ponto, senhor do próprio desejo, mais apaziguado em relação à família e vivendo até laivos de alguma saudade pela mulher e pelas filhas, na primeira brecha da agenda sobrecarregada tomou coragem. Depois de várias noites mal dormidas, um dia inteiro assinando papéis, entrecortado de forma repetida pela imagem da assessora, pediu a uma das secretárias para chamá-la no mesmo horário em que, nos últimos tempos, haviam se aberto os poucos espaços para questões de caráter mais pessoal, ali no trabalho.

Podia ser até que ela nem estivesse mais na empresa. Luz e sombra já entravam uma pela outra movendo-se no rastro cambiante do entardecer, quando batem na porta: era a secretária introduzindo a moça.

Impossível! Não teria dado tempo! Tão rápido! Mas era ela, sim: ofegante... Como teria conseguido em cima daquele par de saltos altíssimos?!

Os dois sozinhos, acolheu-a senhor de si, e registrando um daqueles olhares longos — praticamente uma entrega — que tinham o poder de tirá-lo do eixo, fixou-a carinhoso de volta e soltou meia dúzia de palavras pretendendo dar conta de forma lógica — racional — daquele clima dúbio instalado entre eles, deixando escapar, ao mesmo tempo, dois ou três cacoetes típicos das funções de mando, totalmente impróprios para a ocasião.

Passada a surpresa a moça varou com habilidade o tom inadequado, e chamando a si a iniciativa, conduziu a sequência dos instantes no ímpeto definido pelo próprio desejo.

Então foi docilmente levado dando corpo, naquele fim de tarde singular, à atração decantada por meses de convívio quase diário, criatura dela, doutora com grau máximo em matéria de aventuras sentimentais.

Talvez não se desse bem conta, mas ali começava uma quadra nova, diferente de tudo que tinha vindo antes. Se melhor ou pior, difícil saber, as sensações surgindo às cambulhadas, rolando umas sobre as outras em moto-contínuo, subvertendo valores e sentimentos acomodados numa certa ordem, anos a fio. Vencido pela aflição que já vinha de longe, foi tropeçando pelos dias sem muita ideia do que fazer nos períodos em que a empresa não tomava dele os últimos momentos, como dirigente comprometido com uma depuração que, pelo visto, poucos lá dentro queriam aprumada.

A moça por sua vez, definida a situação entre ambos, nem sempre podia encontrá-lo fora do trabalho, comprometida com um casamento que jurava não interessá-la, mas do qual não se desprendia. Nessas ocasiões, sozinho em casa, ia atrás de apoio na outra ponta, buscando a mulher por telefone em intervalos muito menores do que seria razoável, dadas as circunstâncias. Na verdade, não estava podendo abrir mão de nenhuma das duas, peito em fogo e cabeça confundida pelo atropelo de uma situação moralmente extenuante.

No princípio os encontros sensuais deram alento. Aí se pendurou neles como quem escapa de uma caixa fechada, na urgência de oxigênio. Não que a conversa da moça cansasse, longe disso, gostava de estar com ela, só por estar. Os assuntos costumavam ser leves e, ouvinte aplicada, companheira resistente para o álcool dos bons vinhos, suavizava um pouco a aflição. Também encontraram afinidades não apenas no plano físico e era comovente ver a alegria dela ao descobrir alguma: tinha a impressão de que o idealizava. Ou a ele mesmo, como pessoa, ou ao modo como tinha orientado, vida afora, certos compromissos próprios da vocação intelectual.

Mas, desencadeado o romance, surgiram as crises de consciência e o incômodo com a decisão, precipitada por meses de fantasias insistentes. Porque ele continuava imerso no mesmo mal-estar e a carência de ares novos se mantinha com assessora ou sem ela. A moça era solidária, amiga, o contato físico bom, mas nada dava jeito no desterro em que se via largado: deslocasse o olhar para onde fosse, enxergava sempre a mesma superfície infinita de um mar sem cor nem movimento. Também era penoso ficar escondendo a situação da mulher. A cada telefonema sentia-se pior e mais canalha. Fora o fato de não saber direito onde inserir a ela e às filhas naquela sucessão voraz de acontecimentos: sentia falta mas ao mesmo tempo comemorava o fato de não estarem perto. Então seguia chamando por telefone para não dizer nem perguntar nada, apenas ouvir a voz, firme como de hábito, apoiada nos valores e convicções da vida inteira: as três tinham se transformado na viga mestra, suportando experiências em fuga que não atendiam mais e, agoniado, não sabia como substituir. Então lutava para mantê-las, pelo menos como conceitos — ideias, que fosse — tentando barrar, agarrado a elas, o desfoque completo de tudo.

Havia ainda outra questão, complicada: o prazer com a moça vinha associado a uma espécie de estranhamento. Os odores, as texturas, as reações a cada toque eram, em tudo, diferentes daqueles com os quais convivera por longos anos numa relativa tranquilidade. Então, confuso, tentava reorientar os sentidos a partir da experiência de uma posse que, meses a fio, estivera restrita ao plano da mera fantasia.

Justo neste ponto, as novidades dominando todos os horizontes, uns quinze dias depois de chegar na montanha, a mulher se deu conta da situação, por causa do ritmo comprometedor de uma frase. Talvez ele tivesse feito aquilo de propósito, puro pretexto para encaminhar uma revelação difícil. Porque era duro carregar sozinho o tumulto moral em que estava lançado: nunca fora de grandes confraternizações — nem com amigos, nem com parentes, nem com ninguém — e qualquer contato obedecia a limites postos desde o começo, quando deixava claro que o espaço para trocas afetivas, com ele, seria estreito. Nesse quadro sempre tivera na mulher a escuta mais próxima até chegarem àquela distância recente. Ainda assim, foi com ela que se abriu, passada a sofreguidão, própria dos casos amorosos quando estão no começo. E depois daquele telefonema, diferente de todos os outros, o tom mudou, o diálogo à distância tomando caminho inesperado. Chorosa, no começo, a mulher retomou o prumo aos poucos, conseguindo botar a tristeza de lado e oferecer a compreensão dos bons amigos. Enquanto num movimento inverso, a assessora lançava-se em espirais crescentes de ansiedade, dando demonstrações contínuas de insegurança e atormentando-o com cenas repetidas de ciúmes. Mesmo inquieto com o ser insuspeitado que via saltar pela boca da namorada, encontro sim, encontro não, chegou, imprudente, a propor que fosse com ele, na viagem prevista para quando viesse a demissão. No fundo ficou satisfeito quando a moça recusou o convite, sem pé nem cabeça, admitia, feito num momento de insensatez, dos muitos enredando-o naquele ano prestes a dobrar no seguinte, que ele esperava pudesse bater mais leve.

O grupo reunido em torno do ensaio de reestruturação administrativa, que traria modificações em cadeia ao funcionamento da empresa, respirava um clima pessimista de terra arrasada. Desanimados viam, todos, o esforço de um ano inteirinho escapar pelos dedos no curso, ponto por ponto, contrário aos propósitos do Ministério.

Ele, por sua vez, desde que o amigo se demitira, contava os dias para entregar o cargo, acumulando por algum tempo as próprias funções com as da condução geral de todos os assuntos. E quando não entrava noite adentro, trabalhando, comprometido com as reuniões preparatórias da transição, saía para jantar com os poucos que se mantinham firmes perto dele, mergulhando, depois, nas ancas macias da assessora, em um dos incontáveis motéis da cidade.

Era fogosa, dado conveniente para quem, naquela altura, precisava de calidez que não viesse da esfera doméstica. Às vezes exagerava na intensidade e ele acabava ficando com as costas arranhadas, o pescoço mordido, ou a barriga cheia de rodelas vermelhas como se tivessem sido feitas por sanguessugas famintas. Ainda bem que a mulher estava longe. Até porque havia a intenção clara de posse naquela voragem toda, as marcas deixadas num território que a moça desejava única e exclusivamente dela. E isso era um problema: a manifestação da enorme resistência feminina em conviver com um erotismo que fosse apenas casual, sem compromissos de nenhuma outra natureza. Porque tinha sido essa a expectativa que ele projetara na moça. Afinal, nem solteira ela era! O que podia sair dali senão o prazer da companhia que um dava ao outro? Mais ainda: como tivesse passado boa parte da trajetória adulta ligado à mesma mulher; como as experiências anteriores ao casamento tivessem sido poucas e sempre com profissionais pagas, a aventura abria dimensões novas para os sentidos. As zonas ásperas e as zonas aveludadas em cada uma, por exemplo, reagiam de forma diferente ao toque, então volta e meia se pegava abstraído de si, tentando decifrar, nessa comparação, o prazer enigmático de toda mulher.

Com o correr das semanas e a conquista da intimidade foi se repetindo uma contrapartida complexa, um lamento contínuo — ora mudo, ora em alto e bom som —, lamento com o qual a moça comprometia, de forma progressiva, o prazer da entrega, a cada encontro. Antecipando o clima já ia preparado, seguro de que em algum momento haveria choro, queixa e exigências em torno do tema recorrente da exclusividade amorosa. Então se acomodava no silêncio redobrando as carícias. Que remédio?

Nas noites em que saía do trabalho com o círculo fiel para esfriar a cabeça nalgum restaurante, a advogada e a assessora costumavam ir junto. E ele ficava pasmo vendo a facilidade da moça em desguiar do marido sempre com novas desculpas, porque era certo os dois se despedirem de todos, findo o encontro e, simulando ir cada qual para seu canto, esquecerem da vida cingidos um ao outro até altas horas. Na verdade, o envolvimento entre chefe e assessora devia ser segredo de polichinelo. Casos iguais ao deles, em ambientes como o da empresa, de hábito não passam despercebidos embora todos se portassem como se não vissem nem soubessem nada. Certamente por atenção a ele, homem gentil, honesto, comprometido em fazer do cargo instrumento do interesse coletivo, apenas.

Já a advogada tinha outro comportamento, afetando uma solidariedade imprópria, como o empenho excessivo em dispor os lugares, nos restaurantes, para que os dois sentassem sempre um ao lado do outro. Ou então durante o trabalho, abraçando-os ostensivamente nos corredores se os pegasse de conversa: protetora, juntava-os contra si, asas abertas sobre o delito.

Mergulhado na aventura não atentava para a aleivosia. A advogada e o marido eram próximos dele e da mulher, então a conivência com o romance irregular expunha, além de uma personalidade oblíqua, resistência velada a seu casamento. Resistência na qual se fundava aquela má vontade traduzida em alcovitagem, beneficiando afetos que, na verdade, diziam respeito apenas a ele e à assessora. Mas naquela altura não tinha recursos internos para se deter nem nisso nem nada próximo disso. No estado de espírito em que andava a tendência era depositar na órbita doméstica as sobras dos problemas, sobrecarregando-a de insatisfação. Como fazem os homens muito frequentemente, aliás, em qualquer ponto da superfície terrestre, quando vivem situações do mesmo teor. Sendo assim, as associações com o universo da casa tolhiam e sufocavam, por isso ia atrás de círculos de convivência externos, mais adequados para a liberdade que estava precisando viver. Nesse quadro a figura da mulher, vazia de interesse estivesse perto ou longe, acabava simbolizando o impedimento. E tendo em vista o jugo dos impulsos hedonistas a que estava submetido, empurrara para trás de uma névoa espessa a falta de caráter da advogada, evitando, desse jeito, que comportamentos que não estivessem servindo às urgências emocionais dele, naquele momento, situassem a tal senhora no terreno da mais acabada sordidez. Terreno desconhecido por ele até ali, e oferecendo, por isso mesmo, elevado grau de interesse, como tantas outras descobertas recentes.

Foi, com certeza, levado pela curiosidade em experimentar que seguiu, dócil, a trilha da contaminação, estreitando o convívio com aquela mulher já gasta, sem viço, atentíssima a movimentos escusos de toda sorte, experimentada em navegar por casos extraconjugais que tivessem como destino a intromissão em casamentos sólidos como o dela própria, diga-se de passagem. Porque, segundo corria, a advogada sempre tratara de maneira paciente os muitos envolvimentos amorosos do marido, assim como o marido, os dela. O que propunha um acordo distinto do acordo estabelecido entre ele e a mulher e bem mais interessante, aliás, valendo, é claro, uma via de mão única, aberta só para ele. Mas naquele ano — atípico do princípio ao fim — as baterias estavam voltadas para a tentativa de aplacar o desconforto. Questões de ordem ética haviam sido postas de lado, se não com serenidade, com bastante desenvoltura. Circunstância conveniente para qualquer caráter mal conformado se insinuar fantasia adentro, como volta e meia fazia a advogada à cata de relações assimétricas com a condição de que lhe fosse reservado o controle. Daí a preferência pela companhia dos mais moços para quem se voltava, atenta, buscando o domínio, fio a fio, como em um palco de marionetes. Não que a natureza dos movimentos da colega passasse em branco, não passava. Mas atendiam a conveniências, facilitando o acesso a facetas turvas do seu desejo das quais, naquela altura, não estava pretendendo fugir.

Chegou o dia da transmissão do cargo. Num ato protocolar, cercado por poucos colaboradores, tendo ao lado a advogada e a assessora, passou o posto para o substituto, segundo ele, um sujeitinho medíocre, identificado com as diretrizes de curtíssimo alcance do Ministério, trazido até ali para cumprir, apenas, ordens.

Era um fim de tarde quentíssimo no princípio de janeiro — abafado —, a chuva grossa pronta para cair violenta bem na hora em que tinha o hábito de voltar para casa: dali em diante, pelo menos esse transtorno não iria mais enfrentar. Deixou as comemorações em volta do outro e, dispensando os cuidados da namorada, subiu sozinho para a sala que fora sua por doze meses. Juntou dois ou três objetos de uso pessoal e a colher de madeira estampada com motivos folclóricos, ganha semanas antes de um burocrata eslavo. Os livros, já tinha recolhido todos, aos poucos, por isso as estantes estavam limpas de alto a baixo. Deu uma última olhada nas gavetas para ter certeza de não estar deixando nada para trás, apertou contra o peito a pasta murcha — praticamente vazia — e desceu no elevador capenga, tomando cuidado com a intermitência das portas erráticas dele.

No trajeto, guiando sem muita atenção, quase deu com o focinho do carro na traseira de uma kombi cheia de legumes. Sorte as ruas estarem relativamente tranquilas por causa das férias nas escolas, senão teria provocado um desses engavetamentos monstruosos com gente machucada, policiais distribuindo ordens e passantes curiosos esticando o pescoço do meio-fio. Freou a tempo mas não conseguiu escapar dos palavrões, porque o atrito das rodas no asfalto fora grande, os três da kombi tinham levado um susto de respeito e protestaram com truculência. Achou melhor ficar quieto.

Não era a primeira vez nos últimos meses que causava pequenos acidentes, dirigindo. A mulher vivia chamando a atenção para os descuidos, inquieta com a maneira como passara a se portar no trânsito. Não dava o braço a torcer, reagindo com aspereza embora ela estivesse coberta de razão.

O ano voara. Ano estranho naquela convivência mais para atarantada com um acúmulo de novidades em campos os mais diferentes. Andava zonzo, seco para fazer as malas e ir para longe, ficar um tempo noutro hemisfério, clima frio, livre dos suadouros periódicos da cidade em que vivia, reiteradamente insuportáveis a cada janeiro. Fora o fato de que a sina de transpirar daquele jeito tolhia, nele, qualquer poder de reflexão.

E também cansava demais a batucada insistente de surdos, cuícas, pandeiros e tamborins, repinicando por todo canto, até março. No fundo, com ou sem batucada, precisava era de ares, frios, de preferência, onde alcançasse uma distância impossível dele próprio.

Chegou em casa para jantar, sozinho. Além da empregada antiga, ninguém. Não sabia direito o que fazer dali para a frente embora precisasse lembrar em que gaveta tinha posto o passaporte e descobrir onde estavam guardadas as roupas de inverno. O apartamento estava triste, encardido, pedindo pintura. A mulher bem que tinha insistido desde o princípio do ano numa operação de limpeza e conservação. Reagira sempre de forma irascível: seria um transtorno a que, naquele momento, preferia se furtar. Ela, como quase sempre, cedera. Resultado, agora, com as três longe e aplacada a correria em torno do trabalho, todas as paredes de todos os cômodos desabavam sobre ele insuportavelmente sujas: estava desagradável ficar em casa. E a empregada, sensível às menores oscilações de humor dele, da mulher e das filhas, percebia tudo e aproveitava qualquer brecha para dar opinião, numa intimidade ganha graças aos cuidados extremos com as meninas, desde o nascimento das duas. Então enquanto tirava a mesa puxou conversa:

— Quando é que o senhor viaja?

— Daqui a uns dias...

— Vai sozinho?

— Vou. E você pode ir para a casa do seu irmão, como ficou combinado, assim que eu cruzar a porta.

— Credo! Não foi por isso que eu perguntei!... O senhor está indo encontrar a patroa e as meninas?

— Não, vou para outro canto.

— Sei... Fica até quando?

— Até o mês que vem.

— E elas?

— Avisam quando estiverem para voltar.

— Sei... E o senhor? Volta junto?

— Pode ser que sim... Pode ser que não... Minha vida anda muito atrapalhada...

— Estou vendo mesmo...

E mais não disse nem precisava. Para adivinhar o que ia nela nem mesmo teria sido o caso de surpreendê-la balançando a cabeça, desconsolada, olhos baixos sobre as mãos escuras às voltas com toalha e guardanapo, dobrados com o mesmo capricho que punha em todo o serviço da casa.

Os dias passavam lentos. Estava se ressentindo muito com o desfecho da situação no trabalho e as incertezas no caso com a assessora de quem, por conta da viagem, iria ficar longe por um mês, ou para sempre. Pesava não ter com quem se abrir. Sobre os assuntos da profissão e do cargo podia conversar com um ou outro, mas as menções à relação com a moça ficavam restritas ao pouco que ventilava para a própria mulher em diálogos difíceis, pontilhados por silêncio embora, a partir de certa altura, ela demonstrasse uma paciência de Jó. Triste, é verdade, mas solidária, parecendo preocupada com aquele estupor embaralhando os gestos e o bom senso do marido. Nesse clima não pareceu estranhar o anúncio da viagem, nem ficar mais infeliz do que já estava pelo fato do afastamento entre ambos seguir crescendo: era como se diante do inelutável tivesse feito uma escolha que ele, por sua vez, pressentia depender do rumo a ser dado à desordem afetiva em que se via lançado. Estava evitando tirar a limpo, embora aquele excesso de tolerância o deixasse inquieto.

Os últimos encontros com a assessora oscilaram entre o prazer e o desengano, na medida exata da insatisfação irremediável que ronda a natureza humana. Neles alimentava os sentidos e a autoestima, a cada vez, mesmo atormentado pela crise pessoal e pelas dúvidas insistentes, projetadas em tudo: na situação com a moça, no casamento esgarçado, no circuito da carreira e na vida que levaria dali para frente.

Viajou inseguro, enfastiado com tudo à volta. Não estava conseguindo fugir do desnorteio e, na despedida, largou para a namorada um adeus murcho, abanando de longe a mão direita, vazia de qualquer promessa. A moça deve ter percebido: rebateu um olhar aflito antes que a porta do embarque fechasse de vez com ele dentro.

No avião sem muitos passageiros ocupou duas poltronas e só assim as dez horas em classe econômica foram possíveis, apesar da comida péssima e do choro insistente de um bebê com menos de um ano duas fileiras atrás, sem sossego no colo da mãe durante grande parte do trajeto.

Chegou bem, satisfeito por rever o casal de amigos, dos poucos a quem permitia uma relativa proximidade. Informados do rolo compressor lhe aplastando carreira e casamento, ambos sentiram logo o grau do descaminho, em cada atitude. Porque ele parecia outra pessoa: alheio e como que absorto no empenho de triturar — com método — vértebra por vértebra, toda a extensão da própria coluna dorsal. Por isso trataram de distraí-lo mergulhando-o no frenesi cultural da cidade, sem equivalente em nenhuma outra latitude.

Seguiram-se semanas de atordoamento de um cinema a outro; teatro atrás de teatro; visitas às incontáveis livrarias cobrindo assuntos para qualquer interesse ou inquietação; passeios pelas ruas, sempre arrematadas por vitrines dos dois lados, produtos de alto a baixo expostos de forma a se insinuar desejo adentro. Fora o espetáculo das calçadas montado a partir da maneira como homens e mulheres se protegiam do frio, nos bairros opulentos daquela cidade próspera, centro cosmopolita de um país rico. No conjunto as caracterizações — como norma, elaboradíssimas — reforçavam a eficiência do cenário graças ao desfile de casacos bem cortados; botas luzindo no couro de animais distantes; peles de outros tantos bichos proibidos; cachecóis enrolados várias voltas em cada pescoço; gorros, chapéus, bonés em diferentes feitios, tecidos, matérias. E luvas. Gordas — forradas — ou justas, moldando com precisão os dedos compridos daquelas mulheres afeitas ao gelo. E como eram bonitas as mulheres! Claras! Nas mais moças os cabelos escorriam sobre os ombros, dançando, leves, ao menor sopro. Ligeiríssimas, nunca olhavam para os lados movendo com graça as pernas altas. Expressão segura, pareciam absolutas no controle de qualquer dos requisitos necessários à afirmação do gênero, os mesmos que as patrícias dele ainda custavam a identificar. Seria bom ter uma delas ao alcance da mão e poder tocar a penugem fina, dourada, brotando na pele doce. Mesmo se o conjunto das delícias viesse acompanhado por certa dureza, associada à feminilidade brusca daquelas sereias do norte: não fazia mal e nem tinha importância. Por isso, nos passeios, continuava acompanhando todas com olhos ávidos mais as inclinações tortuosas da alma, concentrado nos contornos e movimentos de cada uma com atenção idêntica a que dava às formas acumuladas, às centenas, nos museus e nas galerias de arte. Onde mergulhava a cabeça, dia sim outro também, atrás de telas e objetos de toda sorte, períodos e tendências. E de aventuras plásticas sem classificação precisa, dispostas das maneiras as mais improváveis com material vário e intenção aparente de golpear os sentidos por meio do inesperado. Instalações assentadas na valorização do conceito — não da forma — perseguindo a meta ambiciosa de propor resistência a tudo que, no mundo real, estivesse onde não devia. Expectativa utópica firmada por incontáveis vertentes na arte contemporânea, assim que o mais moço de quatro irmãos — um escultor e três pintores — expôs ali mesmo, na cidade, um urinol de louça esmaltada, no ambiente culto de certa mostra, na segunda quinzena do século XX.

— Hoje vamos te levar para ver uma coisa...

— O quê?

— Se a gente contar, perde a graça...

— Aqui perto?

— Mais ou menos...

— Dá para ir a pé?

— Não, está muito frio.

Depois do almoço, vários graus abaixo de zero, pegaram o carro apesar da pouca distância e do encanto das ruas, convite permanente às caminhadas longas. Estacionaram num viveiro de galerias na zona baixa da cidade, perto de um correr de construções estreitas, poucos andares: três, no máximo. Numa delas foram porta adentro passando assoalho, degraus, corrimão com cerca de cem anos de uso e dois lances rangendo no trajeto, nada de um lado nem do outro, a não ser o contraste da madeira escura com as paredes de alvenaria estridentes de tão brancas. Conforme iam vencendo os degraus podiam sentir a mudança gradativa na temperatura e na consistência do ar, enquanto um cheiro indefinível cada vez mais forte tomava conta, emparelhando com a umidade, crescente também. Já em cima, de chofre, o espanto: abrindo-se inteira diante dos três uma sala com mais de cem metros quadrados, cheia até a altura de uns cinquenta e cinco centímetros com uma imensidão de terra, toneladas e mais toneladas protegidas apenas por lâminas finas de plexiglass. Verdadeiro despotismo de matéria orgânica transposta de alguma natureza longínqua para aquela outra de pior origem — criatura do aço, do cimento e do monóxido de carbono — que os cercava aos três e mais ao funcionário único daquele espaço, guarda cioso em plantão contínuo de um monumento — escultura? — surpreendente.

Ele ficou alguns segundos imóvel, tolhido pela surpresa sem emitir som, mãos sobre as bordas do plexiglass, aspirando o cheiro forte — de todo improvável numa cidade como aquela —, galvanizado pela massa caliginosa, fria, extemporânea.

Durante a vida tivera pouco contato com paisagens diferentes dos centros urbanos desenvolvidos em que morara, desde menino. A natureza para ele, além de figura puramente mental, estava associada ao estranhamento que tende a acompanhar a experiência com o desconhecido. Então, perto do húmus poroso — iluminado pelas janelas abertas sobre a rua, mais os focos de luz postos no teto para moldar a superfície arenosa, como em uma cena dramática —, identificou materializada na proposta insólita algo próximo à sensação de inquietude e descolamento de tudo, que o golpeava sem piedade havia cerca de três anos. E sem ação frente a tanta terra escorregou para uma frequência apartada do ritmo fervilhante lá de fora, da solidariedade mansa dos amigos, da companhia discreta do vigia. Foi indo até chegar num limbo solto no espaço — espécie de superfície desligada, em qualquer ponto, da mais vaga noção de referência ao que fosse —, esfera errante em dimensão infinita, vagando na escuridão astral sem rumo ou companhia. E assim ficou, perdido entre as galáxias de si mesmo, entregue a associações perturbadoras trazidas pela matéria áspera daquele tanto incontável de grãos. Teria boiado muito tempo, fora do tempo?

Retomou o prumo com esforço, meio sem graça por causa do mergulho nele mesmo diante dos amigos, e o que lhe veio à cabeça foi o confronto com o inusitado: aquele volume espantoso de terra no mais acabado silêncio mineral, erigindo-se como obstáculo à especulação imobiliária numa das zonas mais valorizadas do planeta. Se a iniciativa não tivesse outros méritos — e tinha —, apenas pelo fato de impor resistência passiva à cupidez do mercado atenderia às intenções do artista e ao investimento feito para manter toda aquela terra, ali no prediozinho de dois andares, passados mais de vinte anos, segundo as contas do casal. Que já conhecia de muitas outras visitas a sala, e naquele momento acompanhava, respeitoso, a reação do amigo. Porque sob o impacto da estranheza ele não movia um músculo, tendo emendado na lembrança viva da mulher: como teria reagido diante daquilo? Terra, para ela, tinha peso atávico. Fora gerada no meio da terra, crescera cercada de terra e era para a terra que voltava todas as vezes que o solo impermeável da cidade feria seu passo. Dependência que até dava certo encanto a ela, toda organizada numa tensão permanente entre o compromisso com o novo — por dever de ofício — e a fidelidade a um arcaísmo de base agrária, trazido de três dos quatro costados. Só que ali, na expressão do artista, tudo tinha sentido alusivo e a mulher, habituada a lidar com linguagens cifradas, se visse, certamente ia entender e talvez nem embarcasse, como ele, numa sequência equivalente de associações inquietantes. Conseguiria isolar o simbolismo da instalação, afastando-o do outro que punha um pó espesso, farto e vermelho, correndo pelas veias dela. Estava com saudades. Já mandara várias cartas. A mulher respondia num ritmo lento tomando cuidado com as palavras, muito mesmo: era evidente em cada linha. Às vezes tinha a impressão de que o tratava como se trata um doente. Ou uma criança. Não contradizia, evitando os assuntos espinhosos, trocados por outros sem nada a ver com os que ele tinha mandado pelo correio. Continuava atenciosa como sempre mas desde a decisão tomada dois meses antes — de namorar a assessora — algo se rompera entre os dois. As coisas progrediam como se, no fundo, não fossem marido e mulher, mas pessoas com vínculos meio frouxos encerradas cada uma em sua redoma, tentando formas de convivência que as salvassem uma da outra. Muito triste. E não era o que ele queria. Apesar do peito em chamas não estava pronto para abrir mão da mulher. O que precisava mesmo era ficar com as duas ou, quem sabe, juntar a elas uma terceira, uma quarta e uma quinta que porventura lhe cruzassem o caminho, naquele ponto da vida em que tudo estava pedindo para ser revisto.

Andava atrás de contato humano, ligações livres — leves — com quem surgisse. Compromisso: nenhum. Sensações agradáveis em sucessão contínua encadeadas como nas correntes de metal em que os aros não servem para nada se não tiverem outro, solidário, ao lado. Começava a descobrir certo interesse nas pessoas, de maneira geral, sentimento que mantivera, até bem pouco, concentrado na mulher, nas filhas e em alguns raros amigos. Como ficaria esse conjunto de aros quando voltasse (para casa?)... Precisava dar outro arranjo a eles, trocá-los de posição, talvez, olhar as coisas de longe por mais tempo, como estava tentando fazer: era sempre bom certo afastamento para distinguir melhor tudo e ir eliminando o que não funcionasse mais.

De qualquer forma, mesmo admitida a cadeia, ele continuava se agitando na megalópole sem limites, movimentação forçada, correndo zonzo de um lado para outro e, na tentativa de redesenhar o espírito, ia se fazendo criatura de uma ordem na qual ainda não se ajeitava embora muito pouco à vontade na anterior. Ordem nova onde o contorno dos papéis, princípios, valores e mesmo o espectro do possível, como os conhecera até ali, mudava rápida e continuadamente. Porque tudo em volta se transformara num amálgama de virtualidades — as conquistas de tecnologias sempre mutantes ao fundo —, interferindo em toda e qualquer manifestação da existência. Nada seria como antes e a crise pessoal talvez fosse apenas o reflexo de uma tendência que, mesmo externa a ele, ia se infiltrando insidiosa para retraçar a direção dos anos que ainda viriam, preencher com outros sentidos seus desnorteados espaços interiores e propor um ciclo diferente no qual, considerados os indícios, de fato tudo o que fosse sólido desmancharia irremediavelmente, no ar.

3

Durante a semana não daria por causa do ritmo de trabalho dela, então deixaram para sábado. Ia ajudar na compra de roupas mais formais, tentando compor uma figura de executivo: calças, várias camisas, um ou outro casaco, meias de fio de escócia — cano alto — um par de sapatos preto, outro marrom. Terno não seria preciso embora tivesse que estar bem-posto e tudo devesse ter qualidade. Algodão, só puro. Já as calças pediam certa dose de fibra sintética para não amassarem demais, ficando inviáveis no fim de dez, doze horas de trabalho.

Ajudar era maneira de dizer. Na verdade, era ela quem decidia as vizinhanças — dada camisa, para determinada calça — combinando, escolhendo as estampas, quase todas xadrez: tons de azul em campo branco com listas verde-garrafa; ou então castanho, bege e caramelo, fiozinhos delicados claros e escuros, perpassando; havia uma muito bonita: azul-marinho, grená e um tom indefinível — profundo — meio acinzentado. Separou três em cores unidas: cobre, grafite e castanho médio como o de certas folhas secas.

Ele vinha, examinava e, sem se manifestar muito ia aprovando com monossílabos quase inaudíveis e um movimento vago de cabeça. Confiava no olho dela.

Pensando bem, para uso cotidiano sempre cumprira direito as funções de mulher casada. Fazia ela própria a feira toda semana, supermercado uma vez por mês, era mãe sofrível das duas adolescentes que tinham em casa e, em ocasiões como aquela, arranjava tempo na agenda sobrecarregada, dando apoio ao marido mesmo sendo frontalmente contra a decisão. Mas essa era outra história. Tinham conversado até o limite do possível e nenhum argumento, dos inúmeros desfiados, havia surtido qualquer efeito. Achava que ele devia se ater ao que sempre fizera em vez de bandear para atividade assim longínqua, na ilusão de intervir em políticas comprometidas com o compadrio e com interesses de cunho privado, embora ostentando, na fachada, a isenção do serviço público. Reagia dizendo que as coisas não eram excludentes, cumprida a tarefa voltava ao andamento de sempre. A atividade podia ser outra, mas o setor era o mesmo e ele conhecia bem os dois. Além do mais estava seguro de contribuir com pouco que fosse. As razões eram expostas em tom seco, impaciente, beirando a habitual arrogância, e não havia mais o que ela pudesse fazer. Paciência. Que estivesse, pelo menos, bem-vestido. E como o cuidado com a aparência custara a se tornar um valor para a geração iconoclasta de ambos, eram necessários ajustes como aqueles a padrões mais convencionais: as calças de brim e as camisas de marinheiro, compradas perto do cais do porto, precisavam ser substituídas por figurino mais condizente com a nova etapa.

Assim, a reforma do guarda-roupa surgia como tarefa conjugal a ser cumprida com afeto embora, em casa, o ambiente viesse difícil havia mais de ano. Não que antes estivesse fácil, não estava. O marido sempre fora parco em palavras e lidava mal, muito mal, com a expressão dos sentimentos. Nele e nos mais próximos, frequentemente azedando o convívio com uma conduta irritadiça. Mais de uma vez ela chegou a temer pelo casamento, exagerando, quem sabe, nas interpelações com as tutelas femininas típicas que tanto incomodam os homens sem alcançar efeito algum. Espécie de agitação periódica na qual, entre histéricas e maternais — reconhecia —, as mulheres não fazem senão nutrir a necessidade que os maridos sempre tiveram de inventar motivos para fugir dos fatos de todos os dias. Ou, visto de outro ângulo, para se desviar de si próprios.

Certo ou errado — provavelmente mais errado que certo —, aquela inflexão na curva profissional foi sentida como o abandono de valores compartilhados por ambos, golpeando em certa medida a imagem positiva que sempre tivera do marido. Andava contrafeita, carregando nos comentários sardônicos e na intolerância em relação a tudo que tocasse o trabalho novo. Ele, com razão, não ficava nada satisfeito.

Para piorar, ou por isso mesmo, a guinada profissional se dava naquela idade em que, nos homens, a inquietude não se aplaca nem com a aspiração de toda a reserva sideral do éter infinito. Havia certo tempo notava como ele vinha desconstruindo os próprios cacoetes, alterando hábitos, preferências, interesses. Um dia pegou-o diante de uma das estantes do escritório, coberta de alto a baixo por volumes criteriosamente dispostos, anos a fio, de acordo com uma ordem que apenas ele sabia qual fosse, admitindo baixinho para si mesmo, num fastio sem tamanho, não se reconhecer mais nos próprios livros. Também dera para mostrar entusiasmo explícito por mulheres em geral, uma excitação inesperada para os padrões de reserva dele. Sentimento que lhe alterava as feições e a natureza doce do olhar, deixando vir à tona uma alegria fremente diante de qualquer perna bem torneada, riso largo, ou curva harmoniosa escorregando pelos seios até chegar nos quadris. Será que todo mundo percebia? Ela ficava sem graça, entre triste e surpresa, tentando entender o valor daquilo no quadro do afeto profundo que os guiava, a ambos, desde o final da adolescência, perdida também, mas por motivos diferentes. No entanto, autoconfiante num nível beirando a inconsciência e tendo, no fundo, muito com que se ocupar — as filhas, o aperfeiçoamento profissional, a casa e a forma física na dedicação ao corpo do qual não descuidava de jeito nenhum —, ia tocando sem se deter demais nos acidentes de percurso. Afinal, tinham casado muito cedo, sem experiência nenhuma, atrelando os destinos no cenário de uma paixão desabalada, embora, fogo por fogo, o da mulher e o do homem estivessem longe de ser iguais. Para o marido a monogamia reafirmada por cerca de vinte anos talvez tivesse ficado difícil. *Tudo o que é sólido desmancha no ar*: Marshall Berman. Andava com mania desse autor, desse livro, do título desse livro, tirado de um trecho de Marx. E, passando ao largo do eventual mérito ensaístico do texto, ela notava no interesse do marido evidente curiosidade por situações opostas a uma das supremas ânsias femininas: sentido da permanência em terreno sólido. Além disso, o livro parecia oferecer meios de acesso ao furacão dominando-o de forma visível e crescente. Numa dinâmica típica, velha conhecida dela, no marido o apoio ao que se passava internamente precisava vir de fora, de conceitos organizados a partir de pressupostos intelectuais nítidos. Como se — quem sabe? — na falta de princípios estruturantes, mal definidos na casa onde nascera, ele dependesse de guias externos para fazer escolhas e seguir vivendo.

Confrontada com essa atração por situações instáveis — evidente nele naquela quadra da existência — a moça se consumia vendo escorrer pelos dedos, sem meios de interferir, um espaço de vida feito, refeito e cerzido a cada esgarçamento. Acreditava que o melhor ainda não tinha chegado e a sintonia entre o marido e ela poderia avançar muito mais, preenchendo os campos de insatisfação, palpáveis nas frustrações de ambos. Então tomou-se de ódio por aquele maestro da deliquescência, exegeta da desintegração, aquele Marshall Berman feíssimo, balofo, descabelado, vesgo e malvestido. Guru fora do tempo querendo legitimar, talvez, as bases em que se fundaram os ideais utópicos dominantes na juventude dele, os mesmos em que se apoiavam também os do marido e os dela própria. Ou então, deslocando um pouco a implicância, tomou-se de ódio pelo curso daquele pensamento que aceitava como inevitável a dissolução de qualquer valor chave, graças às transformações em curso no ocidente, desde meados do século XVIII, das quais, sempre segundo o texto, três grandes cabeças — Goethe, Baudelaire e Marx — teriam sido os arcanjos mensageiros.

O telefone não parava nem o expediente conseguia conter as solicitações de natureza as mais diversas que o marido passara a enfrentar, depois de aceita a vice-direção da empresa. As assessoras, essas, nem se diga! Presenças constantes em qualquer fim de tarde e no começo de todas as noites! Tinha uma sem noção de conveniência, empenhadíssima em mostrar serviço. Volta e meia a usava para os recados:

— Não vou chegar a tempo para o despacho segunda, às dez… Você avisa ele, para mim?

Ou:

— Não está?… Não é nada urgente… Mas diga, por favor, que eu liguei…

Ou:

— É que os documentos para a reunião de amanhã já estão comigo. Só para ele saber…

Essa era a que inventara o tal do jantar. Para qualquer observador atento dava sinais claros, embora o tema fosse tabu. Sempre que vinha à baila o marido reagia impaciente: estava imaginando coisas, tornando a vida na casa deles difícil com tanta caraminholação! Uma vez, a bem da verdade, até tentara certa franqueza. Por iniciativa da moça ia jantar fora com ela e o amigo, o número 1 da estatal:

— Quer vir também? — perguntou inseguro com a situação, numa deferência postiça: o tom não era convincente e nem ele queria a presença da mulher. Então, acentuando a ironia com que afetava superioridade moral em situações semelhantes, ela rebateu no impulso:

— Imagine! Não vou estragar a noite dessa moça! Divirta-se!

Ele sorriu sem graça e foi em frente, abençoado pela conivência irresponsável.

Voltou tarde.

— E então? Como foi?

— Simpático...

E mais não disse nem ela perguntou, assentada na olímpica segurança, mesmo diante das evidências de um envolvimento cada vez maior entre chefe e assessora. Difícil...

Algum tempo atrás, em janeiro ainda, logo depois da posse dele na vice-presidência, lembrava de ter ido à empresa chamada por um trabalho, justamente no setor da tal moça. Fez lá o que tinha que ser feito e antes de ir embora quis ver o marido. Chegando no gabinete perguntou se podia entrar.

— Claro!

Abrindo a porta, afável, uma das secretárias anunciou:

— Visita para o senhor!

Ela entrou, logo atrás:

— Que sala grande!

— É...

— Confortável!

— ...

— Não quero te incomodar...

— Ora...

Nisso passaram uma ligação, depois outra, ela percebeu que ia ser assim o tempo todo e achou melhor ir embora. Saiu jogando um beijo de longe. Ele jogou outro de volta.

Na antessala, sentada de forma imprópria sobre a mesa de uma das secretárias, balançando as pernas no ar, expressão tensa ao vê-la, mão a caminho da boca prestes a roer uma unha, a tal assessora esperava para ser recebida. Confirmando essa curiosa noção de elegância na qual o acerto na escolha e na combinação das peças, entre certas mulheres, se dá apenas em ocasiões especiais: aniversários, casamentos, coquetéis, festas, de maneira geral. Já tinha visto essa moça muito bem. Naquela tarde, no entanto, estava bonita como sempre e malvestidíssima! Jeans azul-escuro e blusa de manga comprida azul, escura também, a mesma cor da cabeça aos pés sem um lencinho, um cinto, um colar sequer que fosse, para romper a falta de imaginação daquela monocromia. Sapatos pretos de salto — sete, pelo menos! — e ainda por cima agulha! Pasta no colo — devia trazer documentos importantíssimos! —, testa crispada e aquela exibição sem propósito de familiaridade com as secretárias. Mal se cumprimentaram. Saiu com a sensação nítida de que a assessora estava dando rijo em cima do marido dela. Mulher não costuma se enganar nesses assuntos: achou graça e foi atrás do elevador. Apertou o botão gasto no meio da placa toda riscada e, quando entrou, quase foi colhida pela porta que por pouco não fechou em cima dela.

Todas as noites chegando em casa emborcava um tanto de uísque num copo, punha gelo e ia para a frente da televisão, bebendo sem ouvir nem dizer nada, provavelmente sem ver também ou sentir o gosto do que descia garganta abaixo.

— Você nunca foi de beber!

— Relaxa...

— Está difícil assim?

— ...

— Não dá para se envolver menos?

— ...

— Todos no setor vivem a mesma tensão?

— Estão mais acostumados...

— Que tal se proteger um pouco?

— Estou tentando...

O quadro se repetia uma noite atrás da outra e quando não vinha quebrado pelo cansaço ou certo desalento, aparecia só altas horas, retido por um sem-número de tarefas que não cabiam no horário de trabalho. Então tocava a ela ficar no telefone, driblando o tanto de gente que passou a chamá-lo em casa sem necessidade nem cerimônia, a qualquer pretexto, na maioria das vezes para adulação. Em que barco metera os pés! Tudo tão distante da vida que sempre tinham levado! E aquelas pessoas? Por quem os tomavam, ao marido e a ela?! Deus do céu! Dia sim outro também insistindo na cantilena viscosa dos bajuladores, olhos postos única e exclusivamente nas decisões que saíam da mesa dele! Homens e mulheres que os trataram, anos a fio, na fronteira da mais estrita indiferença em qualquer lugar ou circunstância, de repente se desmanchando em afabilidades! Se a comunicação entre os dois não estivesse comprometida pela impaciência dela com tudo aquilo; pela distância cada vez maior dele de qualquer coisa externa ao cargo, talvez até pudessem se apoiar um pouco comentando o acúmulo daqueles despropósitos. Mas não. Aplicado como sempre fora e na certa oprimido pela carga da responsabilidade frente a decisões que afetavam muita gente, mobilizando muito dinheiro, o marido se entregava de corpo e alma ao cotidiano da empresa, tentando justificar a escolha feita em absoluto confronto com o desejo dela. Que se concentrava, por sua vez, na solução de projetos profissionais complexos, por falta de alternativas mais atraentes.

O trabalho andava pesado e os exercícios físicos também, ambos impostos com excesso numa ânsia de autossuperação permanente. E com o marido sempre mais distante, a combinação desses fatores, meses a fio, resultou em caprichada baixa de resistência e na doença ranheta que os médicos custaram a diagnosticar, prendendo a moça em casa, a partir de certa altura, por mais ou menos trinta dias, com uma espécie de gripe constante, uma febrícula que não ia embora.

Já estavam chegando no final de setembro. O ano tinha voado — difícil como nenhum outro — e a temperatura lá, firme, sempre alterada nas aferições diárias repetidas de forma obsessiva, termômetro o tempo todo à mão.

Os médicos — três ou quatro — relutavam no diagnóstico:

— Pode ser lepra, virose ou tuberculose — soltou finalmente um deles com a calma de quem passeia o espírito por assunto corriqueiro: o calor a ser enfrentado no verão que se anunciava escaldante, por exemplo. Isso, depois de examinar o eritema nodoso impresso de alto a baixo sobre as duas tíbias, nitidíssimo nas placas vermelhas contra a pele clara.

Então começou a bateria de exames. Ela se arrastava entre laboratórios mal aguentando sobre as pernas, expondo toda a fragilidade diante dos balcões de atendimento — sensação extraordinária a de não conseguir ficar em pé! — e ainda por cima tendo que conviver com aquela tosse horrorosa esburacando-lhe o tórax. Pedia desculpas, sem graça com a própria fraqueza e o estardalhaço da expectoração: um catarro verde medonho cuspido no lenço.

— Posso ficar sentada enquanto vocês examinam os pedidos?

— Claro!

As atendentes, solidárias, olhavam com dó infinito, antecipando o diagnóstico. O marido, por sua vez, nunca podia ir junto por causa dos compromissos, relatórios, reuniões, despachos, então tinha que se arranjar sozinha mesmo. Tudo bem, mas não precisava aquela mordacidade com que, a partir de certo ponto, começou a tratar a doença — imaginária, segundo ele — protegendo-se, com certeza incomodado por não dedicar tempo e atenção ao assunto como o assunto requeria. Passou a chamá-la de Dama das Camélias: como iria dar prosseguimento à situação com a assessora, a mulher doente daquele jeito? Então determinou que não havia doença nenhuma e seguiu impávido, removendo tudo o que lhe dificultasse o acesso à aventura, de tipo inédito na biografia dele, até ali. Recusando-se inclusive, num dia em que ela estava particularmente fraca, a buscar umas radiografias na clínica fora de mão, que acabaram sendo colhidas pela irmã, penalizada diante do quadro, dos comentários sarcásticos e surpresa com aquela criatura raivosa, saltando pela boca do cunhado.

Os exames não foram conclusivos exigindo uma decisão clínica firme. Um dos médicos — o pneumologista justamente — foi taxativo:

— Pelos resultados ninguém em sã consciência pode afirmar tratar-se de tuberculose. Mas apesar das secreções estarem limpas eu não hesitaria em entrar com a medicação específica. Na minha opinião, a senhora tem uma tuberculose difícil de ser detectada, que ainda não assentou em órgão nenhum.

A moça aguentou firme o tranco, fixando os aros, nos óculos do homem moreno, pele cor de oliva, cabelo pretíssimo cortado rente à cabeça, posto pelos acontecimentos na frente dela, avental imaculadamente branco, naquele consultório modesto em que ela entrava pela segunda vez. Os outros, os médicos elegantes com quem tinha o hábito de se tratar haviam falhado todos, resistindo à evidência, apesar do eritema nodoso.

— Se a senhora fosse minha filha, mesmo com a margem de insegurança que cerca o diagnóstico do seu caso, eu não hesitaria em tratá-la como tuberculosa e interviria imediatamente.

— É grave?

— Com disciplina não será. O tratamento pede constância e essa é a condição.

A moça sempre mantivera diante dos problemas graves a serenidade que jamais conseguia frente aos pequenos, no contato com os quais se desorganizava irremediavelmente. Além disso, sozinha de tudo, naquele trecho doído, só podia contar com ela mesma e com a mão firme do médico.

— Então vamos em frente, doutor. Que escolha?

A medicação era pesada, indigesta. Foi difícil para o organismo receber a droga que, depois da primeira dose, não podia falhar nenhuma até a cura, senão o bicho reaprumava e nada mais daria conta dele.

Sujeitou-se às determinações do pneumologista, muito duro diante das queixas chorosas de mal-estar e enjoos insuportáveis. Na verdade, a rispidez dele alcançou efeito dobrado. Não só afastou-a do risco da recaída — a interrupção do remédio teria sido desastrosa — como trouxe para perto uma presença masculina forte, um homem que se ocupava dela meses após estar se ressentindo justo do contrário. Pouco importava tratar-se de cuidado meramente profissional, era verdadeiro, porque necessário, e fazia bem.

Os dias foram indo, os efeitos vieram e ela começou a melhorar rapidamente, prova de que se tratava mesmo de tuberculose, embora o fato de não ser uma doente contagiosa facilitasse. Livrava a casa do ritual complicado — e, para ela, humilhante — de ferver tudo o que levasse à boca ou tocasse: pratos, copos, xícaras, talheres, e até roupa de cama.

Ficou acertado entre marido e mulher. Ela iria com as filhas para a casa de uns tios que a recebiam havia anos com extraordinária hospitalidade, numa região de clima seco muito acima da quentura úmida de onde moravam. E como não fossem passar o Natal juntos, na semana anterior à viagem os quatro — o marido, as duas meninas e ela — saíram para um programa familiar. Primeiro um cinema, depois, algum restaurante.

O fracasso não poderia ter sido maior, embora ela se esforçasse para criar um clima harmonioso. Sonho de pastora loura: o marido estava intratável e tinha pregado no rosto a máscara da maldade, mantida sem trégua do princípio ao fim da noite. Ela nunca o tinha visto daquele jeito! Durante o filme mexeu-se na poltrona o tempo todo irrequieto, e diante de pergunta relativa ao sentido de uma palavra do diálogo, alguma coisa que ela não entendera bem, teve um estouro de neurastenia aos altos brados, atitude absolutamente incompatível com a ocasião e com o temperamento dele, antes discreto.

Por puro azar para alguém propensa a se envolver com qualquer trama romântica, o filme girava em torno do amor impossível entre dois seres enfeitiçados, num longínquo período medieval: o guerreiro — lobo, em seguida ao pôr do sol — e a falcão fêmea, na verdade uma dama deslumbrante que ao cair da noite retomava forma humana. O suplício consistia em que, no breve intervalo de segundos, ambos conseguiam se ver como homem e mulher sem chance de se tocar. Enquanto um permanecia gente pelo espaço de doze horas, o outro tornava a virar bicho por um período igual.

O efeito da história sobre ela foi devastador, e quanto mais se consumia em soluços na cadeira ao lado, mais o marido se irritava, incapaz de um gesto.

O jantar não correu melhor. Ele estava pouco à vontade, contrafeito e sem interesse nenhum pelo que se passava em volta da mesa, alheio como se não fizesse mais parte daquele grupo. Então de novo, e por causa de uma bobagem qualquer, investiu grosseiríssimo a ponto de obrigá-la levantar, ir até a rua e ficar lá por alguns minutos encostada na parede, longe da porta do restaurante, chorando baixinho, com medo de que alguém a visse daquele jeito. Por sorte a noite estava calma. O trecho, de hábito era movimentado e exporia para além de qualquer conveniência toda a extensão de uma perplexidade crescente. O que estava acontecendo? Aquilo era um homem ou um caminhão desembestado ladeira abaixo? Soltou aos poucos pela boca o ar que tinha no peito e recompôs a figura, voltando para dentro onde as filhas a buscavam com olhar aflito. Ele era censura da cabeça aos pés. Tenso, cara fechada. Afinal toda mulher que preza sua condição deve aguentar firme os solavancos do percurso e as oscilações no humor do marido, não é mesmo? Era o que devia estar passando pela cabeça dele.

No dia da viagem a despedida na porta do prédio foi rápida e fria. Ambos estavam aliviados. Ele, com certeza, porque, dali para frente, passava a senhor de todas as iniciativas, sem o incômodo de testemunhas. Ela, cansada do embate diário, ia poder descansar livre do corpo a corpo com a indiferença e a rispidez.

A casa era acolhedora e os tios tanto ou mais. Quantas e quantas vezes fugira para a tranquilidade daquelas montanhas, tentando aprumar o fôlego e ter mais acesso aos compartimentos onde havia disposto os deveres e os sobressaltos de todos os dias. Várias caixinhas imaginárias perfeitamente iguais, cada qual com seus guardados. E como conhecesse bem todas, ia direto na que abrigasse a necessidade do momento, sem misturar os conteúdos. Tinha esse cuidado — ela e qualquer mulher —, senão a vida não avançava. Diferente de como via acontecer com os homens. Neles, valores, afetos, inquietações, dúvidas, o trabalho, o desenho da identidade, tudo se confundia na mesma papa espessa, numa caixa apenas. Quando um setor desandava os outros iam junto, de cambulhada. Difícil...

Por isso a irritação dela com as generalizações dando as mulheres como frias, calculistas em tantos terrenos. Quando era apenas porque sabiam abrir e fechar as tampas certas, mantendo algum controle sobre um número considerável de assuntos. Então se punha a comparar a diferença: nos homens, a fusão dos sentimentos com as inumeráveis conquistas empilhadas ao longo de séculos de domínio, mais a licença sem limites para transgressões de origens as mais diversas, resultara num caldo que até talhava no momento da fervura. Mas talhando ou não talhando isso era apenas um detalhe e não interferia na identidade profunda deles. Se não no plano individual, com certeza no plano da cultura, incorporada como segunda natureza já que um homem é um homem, é um homem e está acabado. Agora, a mesma mulher, na verdade, são sempre muitas seja qual for o ângulo adotado. Numa espécie de vigília constante precisa conciliar os vários planos da obrigação diária com a sensualidade à flor das unhas, mantendo garra afiada também para noutro setor, completamente diferente, agir de maneira firme na proteção das crias. E mesmo conservando todas as facetas brunidas, quando as coisas despencam dentro de casa, não consegue evitar que o homem se comporte da forma dura e cruel de sempre. Por que estaria — Deus do céu! — reservado às mulheres o lado fastidioso nas crises de personalidade deles? Para que os maridos — ou amantes, ou namorados, ou casos, ou o que fosse — pudessem sempre, com a característica desenvoltura, dirigir o interesse, em bloco, para ambientes situados além da esfera doméstica? Difícil...

As semanas iam passando, as meninas entretidas com a vida no interior — sempre encantadora para quem vem da capital — mais a companhia dos primos e primas na família grande espalhada pela cidade ou pelas imediações, nas fazendas onde se podia ir e voltar no mesmo dia, em pouco tempo. Ela, tomando com disciplina os remédios, tentava afastar o pensamento da situação dolorosa com o marido. Toda tarde corria pelo menos seis mil metros: o médico dissera para não abandonar os exercícios e manter o ritmo de sempre, estava protegida pela droga, não era para ficar largada num canapé como personagem literária do período Romântico. Fazia força, mas o poder de concentração, por exemplo, estava reduzido. Com isso as leituras ficavam prejudicadas. Pena. A casa tinha uma biblioteca estupenda e em outras ocasiões oferecera viagens extraordinárias pela imaginação de alguns de seus autores prediletos. E como as estadias costumavam ser longas, se adequavam como luva à frequente desmesura verbal da escrita dos anos de 1800: batalhas campais detalhadas em páginas e mais páginas de pura minúcia; conflitos psicológicos atados a uma ética rígida; a dança das reputações no contracampo de festas em palácios luxuosos, onde o poder espraiava sua cumplicidade com todas as formas possíveis da hipocrisia; certa poética da transformação no interior do espaço social; relatos longuíssimos, enfim, que a dramaturgia do cinema e o ritmo frenético da sociedade contemporânea iriam induzir escritores e escritoras a tornar mais sintéticos da primeira metade do século XX em diante.

Mas nenhuma dessas leituras tinha se comparado com a experiência de *À procura do tempo perdido*. Durante três temporadas seguidas, cada uma em um ano diferente, se concentrara no intrincado universo de Marcel Proust completamente maravilhada. Chegava e depois de desfazer as malas — a das meninas e a dela —, guardar tudo nos armários e nas gavetas das cômodas, ia até o escritório atrás do volume seguinte àquele em que havia parado na última estadia. Porque apenas ali tinha o sossego necessário para ler Proust, sem preocupação com questões domésticas nem profissionais: a casa funcionava sobre trilhos e, como hóspede, era alvo de uma cortesia completamente esquecida na cidade grande. Essa delicadeza sempre fora fundamental para o descanso e agora, na situação em que se encontrava, era fator indispensável para o amparo do corpo e do espírito.

Assim, de acordo com o costume, resolveu daquela vez pescar o *Fausto* entre as muitas prateleiras das estantes. De alguma forma aquele sábio insatisfeito com o próprio conhecimento e com as escolhas feitas até a altura em que o livro começa — mordido pela tentação de interferir no andamento da sociedade de seu tempo — manifestava sintomas da crise de idade masculina que ela tentava entender no plano intelectual, porque do ponto de vista prático já vinha lidando com o assunto numa intimidade que seria melhor não ter provado nunca.

Mas foi metodicamente até o fim sem achar graça nenhuma, nem o texto atendeu a nada de que estivesse precisando naquele momento. Provavelmente tinha lido mal, com pouca atenção e nenhuma boa vontade, achando o estilo pesado, comprometido demais com tiradas filosóficas de timbre germânico, diferente da argúcia de *À procura do tempo perdido*, daquela demonstração sequente de genialidade unindo os treze volumes das brochuras em capas claras e discretas, típicas das edições Gallimard. Na opinião dela, Proust conseguia realizar as possibilidades mais altas da escrita literária, vencendo a espessura do concreto com inigualável penetração. Compondo seus personagens nos mais diversos planos sociais e usando como nenhum outro escritor roupas, adornos, objetos, ambientes e paisagens, para exprimir o sentido preciso de cada ação. Conseguia chegar na fibra mais funda dos sentimentos, graças à acuidade com que varava as muitas camadas de todos; entender os arranjos improváveis da criação com juízo infalível e sensibilidade afiada, aplicando ambos às inumeráveis manifestações artísticas e intelectuais que ocuparam sua inteligência no correr da vida e ao longo do texto extraordinário. Na literatura, na música, nas artes plásticas, no teatro, com segurança de grande especialista, sempre. Para a moça, por causa da maneira como tinha escrito e composto seu romance Proust dava fundamento à noção de que, apenas por meio da arte, se chega a alguma vizinhança do que possa ser a natureza humana. Mas como esta experiência ela já tivesse vivido, ia arriscando outros textos com pouco resultado, imersa como andava no cataclisma pessoal.

O marido telefonava muito, sempre com uma conversa vaga, reticente, cortada por silêncios e cheia de mistérios. Talvez preferisse que ligasse menos, cada telefonema provocava enorme sofrimento. Mas se não chamasse, a ansiedade era insuportável. Onde andaria? Fazendo o quê? Com quem? Como? Que vivesse lá o que tivesse de ser e a deixasse em paz com as filhas, parentes, livros, montanhas e os seis mil metros a serem vencidos cada fim de tarde. Aquilo tinha virado um tormento, melhor seria que não a procurasse! Mas dois ou três dias sem notícias e era ela quem telefonava, humor oscilante, roída pela aflição:

— Oi...

— Oi...

— Como vai?

— Bem...

— Tem feito o quê?

— Trabalhado... Ontem fui jantar fora...

— Com quem?...

À medida que ele ia desfiando os nomes, um frio subia junto até tomá-la toda: a assessora, um economista medíocre — sujeitinho desagradável com quem em condições normais o marido sequer trocaria um cumprimento de boa-tarde — e um casal conhecido, uma funcionária, membro do departamento jurídico da empresa, e o marido. Na opinião da moça, a advogada, figura atentíssima a tudo o que se passava à volta, tinha um quê de animal predador, parecendo farejar o tempo todo relações afetivas em crise. Não era de agora seu pé atrás com aquela mulher de olhos transparentes — arregalados, inquiridores —, expressão fugidia moldada no esforço de camuflar intenções sempre escusas.

Finda a ligação, caiu em profundo abatimento. O marido estava se tornando outra pessoa, um desconhecido com quem tinha cada vez menos afinidades. Foi para o quarto tentando alguma leitura mas a atenção estava voltada em bloco para a turbulência sentimental e para o empenho em entender o que não tinha explicação. Nessas ocasiões defendia-se buscando a prosa envolvente dos tios, casal adorável, sem filhos, rescendendo a afeto como os quartos da casa — tantos! — rescendiam a água de lavanda.

Ao contrário dos irmãos mais moços — quatro e todos homens — o tio nunca havia saído para fazer a vida em outro lugar. Ficara apegado à cultura do pai, do avô, do bisavô antes dele, e assim até algumas gerações para trás, povoadas por criadores com terras a perder de vista, cobertas de vegetação rasteira, plantada para atender à depuração do rebanho caracu, tratado e multiplicado para dar a melhor carne, o melhor leite e render o melhor preço.

Ocorre que no ramo da moça se deu um fato inédito no interior do grupo familiar. O avô, homem abastado, rústico, sem muita instrução, tinha, apesar disso, encaminhado os cinco filhos para cursos superiores em algumas das boas escolas do país, no setor da preferência de cada um. Dois deles, o pai e o tio que a hospedava — o mais moço e o mais velho — tinham seguido depois para se especializar na Europa, afiando a inteligência e o gosto, empenhados em dominar línguas que dessem acesso a informações nos campos escolhidos por eles, ao desenvolvimento científico e intelectual, nesses mesmos campos, à filosofia e à ficção literária, da antiguidade clássica aos contemporâneos. Voltaram cerca de quatro, cinco anos depois, cada qual no seu tempo que não tinha sido o mesmo porque o pai, temporão, era perto de quinze anos mais moço. Vieram cultivados, dando, no entanto, destinos diferentes à vida. O pai tornou-se jurista, o tio preferiu a fazenda para se dedicar aos rebanhos, transformando-se em criador respeitado, conseguindo elevar em vários pontos a qualidade do rebanho da família até obter uma variante mais resistente, um plantel produtor de muita carne e muito leite.

A certa altura, já entrado em anos, resolveu deixar a lida diária na mão de administradores competentes e mudou para a casa da cidade, onde a mulher teria mais companhia e distração do que no relativo isolamento da fazenda. Lá haviam passado boa parte da existência, e por isso mesmo o tio ia tranquilo no tocante às obrigações com o legado da herança. Com as quais ajustara contas uma a uma como homem consciencioso que sempre fora, formando uma fazenda modelo e um rebanho admirado em toda a região.

A mulher, prima-irmã como em tantos casamentos na redondeza, dominada politicamente pela família e na qual a endogamia dava o tom, era uma velha espigada, bonita e doce, administradora impecável do cotidiano doméstico. Bem-humorada, coisa nenhuma lhe perturbava a alegria a não ser, vez por outra, a lembrança da esterilidade nela e no marido. Tributo pesado que se viram obrigados a pagar ao ardor juvenil, ambos com origem no mesmo tronco, vítimas, eles também, como tantos outros naquela região, do cruzamento excessivo entre heranças genéticas praticamente iguais. Como fossem ricos e sociáveis, contornavam esse vazio oferecendo afeição e hospitalidade sem limite aos parentes. Tinham sempre a casa cheia — casa incomensurável, erguida no meio de um parque tomando o quarteirão mais alto da cidade — organizada para receber todos os dias, do primeiro ao último mês do ano. E para os que gostavam de ler havia a extraordinária biblioteca do tio, trazida na mudança. Do resto ele sempre tivera tudo em dobro, nunca gostara de se deslocar com malas e nem ficar carregando o que fosse de uma casa para outra. Mas a biblioteca tinha que estar onde passasse mais tempo: primeiro, ficou na fazenda, agora, estava na cidade. Assim como os títulos voltados para o universo da genética, da botânica e da zoologia, principalmente, os literários também denotavam o gosto inescapável de uma certa geração de oligarcas, educada única e exclusivamente no ritmo da cultura europeia. Estavam lá todos os franceses indiscutíveis, do século XVIII ao XX; os russos dos anos de 1800; Shakespeare; os três grandes trágicos gregos e, claro, Dante, Camões, Cervantes, mais portugueses e brasileiros em bom número: de Camilo Castelo Branco a Eça de Queirós, de José de Alencar a Euclides da Cunha: *Os sertões* era a paixão confessa. Proust surgia como escolha improvável no meio desses outros — esquadrinhados pelo metro de um certo convencionalismo —, dando bem a medida do apuro literário desse homem rural que, apesar de preferir Euclides da Cunha, ainda assim fora sensível à qualidade de *À procura do tempo perdido*.

A moça e o marido seguiam numa conversa difícil, sempre por telefone. Era ver dois náufragos em mar castigado por tempestades na esperança de uma praia qualquer, tentando um diálogo que era mais pausa que palavra. Ele, dando de maneira repetida a impressão de estar metido num casulo espesso, consciência e juízo embotados; ela, movimentos pendulares oscilando entre generosidade e indignação. O tempo todo por perto e discretíssimos, os tios não perguntavam nada, percebendo tudo, prontos para acudir caso viesse a ser preciso.

— Oi...

— Oi...

— Tudo bem?

— Tudo...

— Tem feito o quê?

— O de sempre... Fui ao cinema...

— O filme era bom?

— Mais ou menos...

— Foi sozinho?

— ...

— Foi com quem?

— ...

Na passagem daquele silêncio ela entendeu que o caso com a assessora tinha, finalmente, deixado o papel. Um raio partiu-a de alto a baixo subindo de volta até fisgar o estômago. Como sobreviveria a uma situação daquelas? Seria possível sobreviver a uma situação daquelas?

Desligou aos prantos e correu para o quarto sem que ninguém na casa tivesse percebido nada. Por duas ou três vezes bateram na porta dizendo que o marido estava no telefone insistindo em falar com ela. Aprumou a voz tentando um tom neutro e pediu para dizerem que depois ligava.

Eram cerca de dez da manhã. Ficou lá, em cima da cama, torcida sobre si mesma como caracol, um turbilhão na cabeça e um furo no peito — largada — até baterem de novo, mais ou menos à uma da tarde, chamando para o almoço. Não tinha fome nenhuma, não podia deixar de ir e nem aparecer com aquela cara. Como os quartos de tantas casas antigas, o dela tinha uma pia rente à parede, suspensa por dois arabescos delicados de metal, espelho pequeno pregado em cima. Então lavou o rosto, deu uma ajeitada no cabelo, nos vincos da blusa e buscando os gestos de todos os dias foi para a mesa, onde as meninas e os tios já estavam sentados.

Naquela noite e por duas ou três mais não pregou o olho, varando madrugadas e auroras com a agonia fora de controle, suspensa de tudo, boiando entre parênteses por um descampado inóspito sem começo nem fim.

Os dias seguiram no rosário doloroso daquele pedaço. Muito lentamente foi retocando a aflição, tirando de um lado, ajeitando de outro, se entretendo com as filhas, os parentes, livros, montanhas e exercícios, de tal forma que cerca de uma semana depois o sofrimento estava ali — vivo — mas o pó tinha acamado, não sufocava mais. E o sono voltara à cadência habitual graças a um remédio — mais um! — indicado para ocasiões daquele tipo. Então resolveu ocupar o tempo e a cabeça nos arredores. Dia sim, dia não, inventava um passeio, sozinha, ou com as filhas se estivessem dispostas e por perto. Boas companheiras, entendiam a tristeza dela, dando todas as demonstrações possíveis de afeto. Ajudava, mas não dissolvia a espessura da rejeição colada feito gosma em cada minuto de todas as horas, em cada contato com quem quer que fosse, por mais que todos à volta, as duas meninas, principalmente, se empenhassem em cercá-la de carinho.

Difícil região mais bonita. A topografia ondulada, irregular, desenhava ambientes fechados que se ligavam ora por riachos, ora por pequenos vales cobertos de vegetação cheirosa nem muito alta nem baixa demais, numa escala de verdes que ia dos acinzentados — claríssimos — aos quase pretos de tão escuros. As montanhas, mesmo tomadas de alto a baixo pela folhagem, vistas de longe ficavam azuis, varando a neblina insidiosa daqueles horizontes compartimentados, contornos eternamente difusos embaixo do véu branco. Em certos trechos quaresmeiras e ipês, carregados de roxo e de amarelo, interferiam na extensão verde com harmoniosa dissonância. Ela não cansava de olhar. Às vezes punha o carro na beira da estrada e ia pelas encostas para sentir o movimento dos passarinhos, acompanhar a procissão das formigas, a pressa dos lagartos entre gravetos e folhas secas, ou os pulos de um riacho sobre o próprio leito. Então encostava no tronco de alguma árvore — ora sentada, ora em pé —, tentando formas de comunhão que pudessem integrá-la àquele reino pulsante onde insetos e pequenos animais ainda mantinham seu espaço. Na esperança de que o choro alto, convulso, nem os espantasse nem a impedisse de intuir uma nova forma de existência. Mineral, quem sabe?

Se viesse com as meninas o teor do passeio mudava. Não podia mergulhar na própria tristeza mas tinha a compensação da calidez, mesmo se a crivassem, ansiosas, de perguntas sobre a crise no casamento, o pai e a namorada do pai. Respondia. Nunca fora de escamotear coisa nenhuma delas. Além do mais, as filhas eram suficientemente crescidas para o necessário esforço de compreensão de um episódio que tocava a vida delas quase tanto quanto a da mãe:

— Vocês vão se separar?

— Não sei…

— Continua gostando dele?

— Continuo…

— Então por que ele fez isso?

— …

— A moça é bonita?

— É…

— Conheceu onde?

— No trabalho…

— Bem que você não queria esse trabalho…

— O problema não foi o trabalho…

— Foi qual, então?

— Ele não andava bem, cheio de dúvidas já tinha algum tempo… Nem sempre a gente sabe para que lado ir…

— Mas e nós? Ele pensou nas filhas no meio de todas essas dúvidas?

— Imagino que tenha pensado. Muito…

— Então por que fez isso?

— Deve ter tido as razões dele…

— Você não fica com raiva?

— Fico… Mas sou um pouco responsável, também…

— Por quê?

— Estava meio sem paciência com o trabalho novo, reclamando…

— E agora? Não vai fazer nada?

— Estou fazendo…

— O quê?

— Dando tempo para ele entender a confusão em que se meteu…

— Se ele casar com essa moça eu nunca mais falo com ele!

— Nem eu!

— Isso não resolve nada... Casado ou não com a moça continua pai de vocês.

— Acho bom não casar porque, aí, eu não olho mais na cara dele para o resto da vida!

— Nem eu!

Apesar de penoso o marido e ela mantinham contato não passando mais de três, quatro dias sem se falar: ele, sempre reticente, ela, sempre ferida.

— No nosso casamento tem alguma coisa que não funciona...

— O quê?!

— Não sei...

Tinha mesmo. Sempre tivera e ela também era sensível a essa espécie de ânsia que não se cumpria. Mas nunca tentara soluções do lado de fora como o marido estava fazendo, até porque, obstáculos à parte, as afinidades sempre haviam sido tantas em campos tão vitais!

Sendo assim, com a carga da ameaça tomando corpo, começou a fiar sua trama e numa primeira laçada, movida por iniciativa que lhe rendesse pontos, acabou extraindo do marido os nós que começavam a incomodá-lo na convivência com a assessora. Do outro lado da linha dava mostras de andar ressabiado com o ímpeto da moça, fazendo observações que a revelavam tomada pela insatisfação própria à boa parte das mulheres, quando aceitam viver aventuras com homens casados. Passando, em curto espaço de tempo, a rezar pelo terço das carências habituais, na expectativa da exclusividade amorosa. Ou seja, exatamente o que ele evitava com todas as forças, naquela curva da existência. Então, ficava torcendo para que a outra desmanchasse a trama urdida — atando pés, mãos e o resto do marido — e se enredasse nos fios estendidos durante um ano inteiro. Conversa sim, conversa não, soltava observações duras acerca da conduta da assessora, iriam calar fundo, tinha certeza: além de verdadeiras — e o marido sabia que eram — vinham de alguém como a mulher, que não tinha o hábito de se deter em maledicências. Para o sistema de valores dela aquilo de se lançar sobre marido alheio era intolerável, desqualificando qualquer uma ainda se tomada por paixão, já que há coisas que não se fazem e está acabado. Interferir na casa dos outros dessa forma, por exemplo. Sempre vira qualquer casamento como um desafio. Achava que a base sendo boa e as perspectivas favoráveis, o empenho de quem está dentro e dos que transitam perto deveria ser o de protegê-lo. Movimentos em sentido contrário incidiam numa zona de intolerância na expectativa dela, fazendo-a absolutamente refratária a quem os provocasse. Então deixou a excessiva compreensão com os tumultos afetivos do marido, passando a agir mais como mulher, menos como amiga, apesar de penalizada com o desarvoramento batendo firme até derrubá-lo no ritmo da cantilena de sempre, enredado em mais uma história envolvendo as licenças extraconjugais entre superior hierárquico e funcionária.

Por outro lado, sempre fora muito explícita. Admitia ter uma personalidade frontal, sem nenhuma das zonas de mistério que fazem o encanto das mulheres sensuais. Gesto decidido, andar também, não desviava das situações enfrentando o que desse e viesse. Volta e meia perdia a paciência com a tibiez das pessoas em torno, certa de poder se dar a esse direito, resquício, talvez, dos cacoetes autoritários da cultura na qual fora educada, onde o tempo do verbo, usado por gente do seu meio, seguia sendo o imperativo. Não bebia em festas, restaurantes e nem mesmo em casa — não gostava —, convivendo mal com qualquer situação recendendo a ambiguidade. Em resumo, era a súmula movente da mais completa falta de interesse erótico para quem estava em busca justo do contrário: contornos imprecisos, compromisso nenhum, relações inconsequentes e uma certa flexibilidade no plano moral que ela não tinha como oferecer, por conta dos contornos da personalidade, traçados a régua com grafite duro.

Pois foi por aí que a outra entrou de salto agulha — sete! — caprichando nas passadas e nas sugestões que as passadas deixavam no ar. Empenhadíssima em camaradagens com maridos alheios, camaradagens construídas com método e aplicação, como costuma ocorrer com mulheres incapazes de se realizar no próprio casamento. Mulheres para quem a melhor possibilidade estará sempre além da porta de casa, fêmeas de alma elástica, solícitas a qualquer hora, dia, ou situação, companhias sob medida para homens desgarrados de si.

— Você não é uma mulher! Mais parece um código de ética!

Como doera a frase ríspida lançada no meio de um dos habituais telefonemas! A namorada com certeza preenchia melhor aquele momento, sendo mais divertida, disponível, melhor ouvinte, bebendo bem nas horas adequadas, participando da zonzeira indispensável às ocasiões em que a vigília da consciência atrapalha, distancia e enerva.

E para cúmulo de seus pecados, como se já não tivesse bastante assunto para se afligir, começou a girar em torno de si mesma, cada vez mais atrapalhada com a noção de caráter posta nela desde cedo. Porque estava era achando que, em muitas situações, caráter e covardia são a mesma coisa: formas equivalentes de bloqueio diante de tudo o que a norma dominante prescreve.

A partir de certo ponto as coisas se aceleraram. Definida a situação com a assessora e também os destinos dele e do colega na presidência — sairiam em pouco tempo dado o desencontro com o Ministério a que a estatal era subordinada — o marido inventou uma viagem:

— Para pôr as ideias no lugar depois de um ano difícil.

— Vai sozinho?

— Acho que vou...

— Acha?

— ...

— Fica quanto tempo?

— Um mês, mais ou menos...

Ela fazia um esforço de controle danado tentando seguir os mecanismos mentais do marido e, ao mesmo tempo, situar os próprios sentimentos naquele rodamoinho emocional desgastante em que era lançada a cada telefonema.

— Se na volta você não estiver com esse caso resolvido, me separo de você.

— ...

A voz saiu firme, traduzindo uma decisão pesada e medida.

E assim foi e o marido viajou — sozinho — depois que, paradoxal e simultaneamente, tanto o afastamento quanto a cumplicidade entre os dois começou a crescer a cada telefonema. Quanto à atitude, para surpresa dela, essa havia mudado. Em lugar da neurastenia, da impaciência no limite da crueldade, a voz era doce — o timbre da vida inteira — e a entonação, cuidadosa, ambas emitidas como para ampará-la. Num comportamento tipicamente masculino era como se, experimentada a fruta, tivesse se posto a salvo do sumidouro. E agora lá estava ele zanzando — longe —, correndo de um lado para outro para fugir de si mesmo noutro canto do mundo. O que permitiu, no princípio, um hiato de relativa tranquilidade: as ligações espaçaram e ela pôde se afastar um pouco de questões sobre as quais não tinha o menor controle. Conseguiu certa concentração nas leituras, mais resistência para os exercícios, aproveitando melhor a companhia dos tios, os passeios pelas imediações e o calor das duas meninas.

Mas aí começaram a chegar as cartas, dando bem a dimensão do caos em que o marido estava lançado. Palavra escrita tem disso, engana pouco tanto quem escreve quanto quem lê e ela não podia evitar a ternura por aquele homem descontínuo, um pedido de ajuda em cada linha, tocasse o assunto que fosse; homem que, em pouco tempo — dois ou três anos apenas — se tornara tão diferente dele mesmo. Ia seguir vivendo com o marido? Continuar gostando dele?

Na verdade, quanto maior a crise maior a chance de mudança. A constatação surrada era, mesmo assim, dos apoios dela que, na extrema disciplina de seus afetos, nunca deixara a desordem tomar conta nem tirá-la do prumo. Jurara sair da experiência mais forte assim como, noutra fatia de outra realidade, vira acontecer com as novilhas do tio, condições naturais apuradas ao extremo para atingir o melhor desempenho. Por isso encarava o golpe da rejeição como um estágio necessário, entre tantos, rumo ao aprimoramento pessoal.

Nessa batida as semanas foram indo, a doença arriando e, com a temporada prestes a chegar ao fim, a vida foi sendo retomada com o peso da situação nova em aberto, incógnita completa para ela, sem a menor ideia de onde aquilo tudo iria dar.

Cerca de uma semana antes da volta à casa, toca o telefone: alguém chamando.

— Alô.

A pessoa se apresenta — como terá conseguido o número dos meus tios, Deus do céu!? — era o marido da assessora definindo o teor do diálogo logo na primeira frase.

— Seu marido está namorando minha mulher?

Ela controla o espanto e reage rápido:

— Vocês não conversam?

Depois de alguns segundos em silêncio o rapaz reage:

— Foge do assunto, acho que mente para mim...

— Olha, quanto à sua mulher, não tenho nada a dizer. Já meu marido é um homem decente às voltas com uma crise pessoal. Se essas suspeitas se confirmarem, sua mulher não há de passar de elemento secundário num processo complicado.

Outro intervalo e, em seguida:

— Desculpe a falta de jeito, mas eu tinha que me abrir com alguém...

— Não precisa se desculpar. Estou solidária com você.

— Obrigado. Então... até logo...

— Até logo.

Saiu dali arrasada. Trancou-se no quarto e fechou as janelas para ficar no escuro. Mais uma vez estavam no meio da manhã e mais uma vez caiu sobre a mesma cama. Não chorou: a raiva vencia todos os sentimentos. Sempre soubera dar conta com maior ou menor eficiência de um tanto de situações penosas surgidas no casamento, com a condição de que se limitassem ao âmbito da convivência entre o marido e ela, apenas. A presença de terceiros não estava prevista no compromisso de respeito mútuo firmado entre ambos. Por isso o telefonema doeu tanto deixando claro como aquela situação que, em tese, diria respeito a duas pessoas apenas — no caso, o marido e a namorada — acabava afetando a vida de, pelo menos, quatro. Expô-la dessa forma! Abrir caminho para que uma gente com hábitos e valores tão diferentes se visse no direito de entrar em contato! Por pura leviandade, egoísmo, confusão emocional, atração física, o que fosse, não interessava!

No dia seguinte, para espairecer, foi almoçar com uns primos numa fazenda próxima, nome bonito de santa, desses mais raros, bem sonante: Santa Eulália. Para ver se conseguia neutralizar um pouco o ramerrame sentimental distante, léguas, dos hábitos e da cultura daquele lugar.

A casa, erguida num vão extenso entre montanhas, tinha o estilo sem estilo das construções senhoris daquela zona e, por isso mesmo, era tão simpática esparramada no terreno amplo. Portas e janelas dando sobre um tapete vegetal macio ocupado, em toda a extensão, por árvores de talhe médio escolhidas de propósito para que a altura não interferisse na companhia permanente da serra azulada, à vista por toda a volta. O gramado, num verde mais intenso naquele verão, era onde, primeiro, os da casa batiam os olhos de manhãzinha ao se abrirem as venezianas, quando vinha o tempo das geadas. No dorso dele o primo antecipava o destino dos pastos e das plantações, a cada ano: o gramado era o termômetro da agonia. Mas, naquela tarde, serviu apenas para alegrar as visitas e envolver a todos num perfume bom de folhagem viva.

O almoço estava ótimo. Pratos feitos com os temperos macios da região mais a presença azul das montanhas e a absoluta calidez dos primos, situando-a por cerca de três, quatro horas numa espécie de limbo, uma esfera intermediária descolada do real, no ritmo da prosa doce, circular, daquele grupo tão próximo quanto afetuoso.

Eram parecidas com as dos primos as bases da identidade profunda que ela carregava para onde fosse: valores norteando escolhas vida afora, ainda que o gesto, a construção das frases, gosto estético, maneira de vestir e expectativas em relação ao andamento do cotidiano divergissem frontalmente. Dessa ramagem comum, desbastada pela diferença da perspectiva, certamente haveria de brotar alguma solução para a dificuldade daquele momento.

Passou alguns dias tomada pelos rituais da despedida: visitas a quem a cercara de atenção; passeios solitários pelos pés das encostas; sorvete de coco queimado na Confeitaria do Centro, aromático, cremoso, inigualável; os últimos seis mil metros ao longo do retão entrando cidade adentro; duas alas de quaresmeiras cheias de flor, uma de cada lado da rua dando as boas-vindas aos que chegavam, adeus aos que iam embora. E como de hábito, aquela urgência costumeira de acabar a tempo as leituras fisgadas na biblioteca do tio.

As duas meninas rodeavam o tempo todo atentas, afetuosas, prontas a acudir a mãe ao menor sinal, demonstrando, no entanto, em ocasiões repetidas, certa insegurança com o tranco imposto ao curso, até ali mais para tranquilo, na vida que sempre tinham levado.

Três meses e a doença cedera com incrível rapidez. Os remédios iam ter, dali para a frente, função apenas de calçar a cura embora, carregando marca funda, ela passasse a integrar a multidão dos que hesitaram durante o caminho, abrindo o flanco à parasita de todas as tristezas.

Os arranjos para a volta trouxeram certa tranquilidade, mesmo não estando claro como a vida avançaria nem na esfera amorosa nem no pequeno diâmetro da construção familiar. Uma coisa, porém, era certa: sendo necessário, tocava os dias só com as filhas, inventando outra rotina para atender ao bem-estar só delas três e de mais ninguém.

4

Ele acompanhava o moto-contínuo da onda — parecia sempre a mesma — indo e vindo por cima da areia, ensopando os pés nus, a barra da calça e a extensão próxima do horizonte. De cócoras, sem meias nem paletó, gravata afrouxada e um sapato em cada bolso, fazia força para conter o tumulto do peito, inteiramente tomado pelo barulho circular daquela imensidão d'água insistindo cabeça adentro. Era sempre assim. As coisas apertando, corria para diante do mar e plantava os dedos na lama salgada. Quando desentendido dos pais ou de algum dos nove irmãos — menino ainda — na cidade remota onde nascera; agoniado com a casa cheia sem um canto só dele; mais adiante, na decisão de largar a família e descer para o sul atrás de vida melhor; na dúvida entre dois cursos, dois empregos, duas namoradas; para decidir se já podia viver com a moça que tinha escolhido. Tomando coragem para desfazer o casamento, deixar filho, mulher e seguir com outra, diferente dos padrões que sempre tinham sido seus, só conseguia assim: depois de bom tempo banhando o pensamento no som líquido e contínuo, pés fincados na arrebentação.

Chegara com o dia ainda claro e não percebera a noite descendo aos poucos, as pessoas indo embora e o mar passar a negro como o céu em cima dele: estava ali havia horas pregado no chão úmido e tão escuro que nem se distinguia mais do resto. Em volta, a sombra preta da areia emendando n'água e o marulhar incessante; dentro, o alvoroço da respiração curta e a dor no alto da testa. Intuía uma nova sequência na crista daquele golpe, remanejando o já assentado. Outra vida? Outro casamento? Outros hábitos?

Sexta-feira. Tinha dito que fosse com o menino para a serra passar o fim de semana com os pais. Ele não podia por causa da sobrecarga de trabalho.

Mentira.

Estava era desorientado sem saber como tocar adiante, depois da revelação de que a mulher vivia um caso com o chefe.

Levantou com esforço, movendo-se maquinalmente até a calçada e espantou a areia como pôde para não sujar demais o carro, estacionado a um quarteirão.

Dirigiu às cegas. Em casa, sem coragem de comer nem tomar banho, jogou-se num dos sofás da sala e passou a noite rolando sobre si mesmo, às voltas com um sono difícil entrecortado por agitação. No dia seguinte logo cedo, juntando coragem para enfrentar o sol, o azul do céu e o calor desmedido no primeiro sábado daquele maldito janeiro, pegou o telefone: tinha descoberto o número, guardava boas relações na empresa apesar de não trabalhar mais lá.

Alguém atendeu e chamou a moça:

— Alô?

Disse quem era encadeando no mesmo fôlego:

— Seu marido e minha mulher estão namorando?

Silêncio curto. Em seguida a voz firme, no outro extremo da linha, leva a situação para atalho inesperado: não responde e solta outra pergunta por cima da pergunta dele usando-o, de quebra, como moleque de recado:

— Se estiver, ela que se cuide. Não deve passar de item sem muita importância, na desordem emocional de um homem em crise.

E parou aí, dando a conversa por encerrada.

Surpreso, engrolou duas ou três frases curtas e se despediu sem graça. Telefone de volta ao gancho ficou algum tempo olhos tombados sobre os pés, meias incomodando, salpicadas de areia e autoestima para lá de ferida. Pelo jeito não havia acertado o alvo: atingir o casamento do outro tentando instalar, por via indireta, algum ruído no caso da própria mulher com o filho de uma égua do amante dela.

Um profundo desânimo foi invadindo e a memória dos últimos vinte anos tomaram conta. Do tom exato de cada acontecimento ele não lembrava bem, mas a ordem teria sido mais ou menos aquela. Conseguia, quando muito, recompor os fatos em uma frequência caprichosa, cenários flutuando na cabeça que, por força do acontecido, pegava de volta, tentando entender aquele desvio no curso do caminho. Aos poucos — e de rastros desde a véspera —, recolheu vestígios de outro tempo quando, adolescente ainda, se fixara na ideia de que a vida apenas avançaria se deixasse o horizonte sem perspectiva da capital provinciana onde nascera. Era o segundo numa enfiada de irmãos, muito próximo à mais velha em quem tinha o hábito de encostar a alma. Não vê que o pai ou a mãe pudessem servir para confidências de qualquer natureza. Entidades distantes, trancadas em mundos próprios, tinham transferido para as respectivas funções o tempo disponível e os poucos recursos afetivos de que dispunham. Mal falavam entre si, e com os filhos, menos ainda. Então, e disso lembrava bem, quando apareceu com a decisão de ir para o sul a mãe começou a pregar botões onde estava faltando, cerzir puídos e refazer as barras desfeitas da meia dúzia de calças que levaria. Já o pai, funcionário administrativo do Banco do Estado, deu os dois ou três conselhos de praxe, o dinheiro da passagem e um pouco mais. O tanto para aguentar perto de quinze dias na casa do tio — irmão da mãe — onde ficaria até conseguir emprego. E assim foi e ele se despediu, triste por deixar a irmã e o que vinha logo abaixo, um rapazinho a quem era igualmente ligado. Deve ter recebido a bênção protocolar, de longe. Não era hábito, nem na região nem na família, os mais velhos ficarem se expondo em demonstrações de carinho que era para impor respeito: adulto só encostava em criança desmamada para dar cascudo, ou sova com mão de ferro.

Andou sozinho até a rodoviária sem ninguém junto para aliviar os sobressaltos da partida. Foi arrastando a malinha — quase nada dentro — com um travo na garganta e um peso no coração.

A viagem tomou um dia e uma noite e foram poucas as paradas em postos de gasolina com bares cheios de moscas e banheiros imundos. No ônibus, cadeiras que não aderiam de jeito nenhum à curva da coluna e como companheira de viagem uma gente mirrada, olhar perdido na paisagem das janelas, tristonha, graças a Deus, porque assim o barulho era pouco e ele podia descansar enquanto pensava na vida.

Vinha inquieto. Mal conhecia os tios e os primos, três rapazes regulando com ele em idade, nunca tinha sequer visto. Moravam do outro lado da baía na cidade vizinha e mais modesta. Então para o estudo e o trabalho com certeza teria que se deslocar em barcaças, vinte minutos sobre o mar até o centro rico que o atraíra para o sul. Seu propósito era trabalhar de dia — em quê, naquela altura não tinha a menor ideia — e estudar de noite: administração de empresas, para abrir o leque das possibilidades, fosse na iniciativa privada, fosse ao abrigo seguro do Estado. Assim ia encadeando os devaneios e mesmo passados bons anos, tinha viva a sequência deles. Talvez porque encerrassem o fim de uma etapa selada no adeus.

Desembarcando, vinte e quatro horas de viagem nas costas, sentiu como se entrasse num mundo sem norte. O que encontrou ao sair do ônibus desaparecera por completo da memória, mas deve ter sido fustigado pelo barulho, o tamanho, mais o movimento da rodoviária. Deve, também, ter dado com luzes acrílicas, insistindo ofertas no exagero faiscante dos letreiros; e perto das pistas terá se incomodado com o ronco alto, contínuo, das aceleradas. Motores chegando e partindo, os funcionários das empresas, gestos agressivos, arremetendo ordens para cima de viajantes sempre inseguros, no temor recorrente de não estar nem na plataforma certa nem na hora prevista pelo bilhete. Imagens imprecisas, corpos estranhos no conforto conquistado a duras penas e tão vagas que às vezes achava não passarem de construções erguidas só para resolver os vazios da memória.

Já a lembrança da primeira vez que a vira continuava nítida, detalhe por detalhe. Foi quando cruzou na empresa com um andar que o tomou de alto a baixo. Aquilo nem era andar, mas superação absoluta da mecânica natural, uma perna sempre obrigada a vencer a outra, para o corpo se deslocar com alguma intermitência, por menor que fosse. Mas no caso da moça, mal comparando, era a maciez da serpente movendo-se — sinuosa— ao longo do corredor. Bonito demais! Não vê que meneio como aquele se encontrava assim, a torto e a direito! Quis ver como seria de frente apertando o passo para dar uma palavra. Afinal eram colegas e já tinha ouvido falar na admissão dela: entrara por cima graças ao pedido de um político influente e ligado à família dela.

— Olá!

— Olá...

— Está gostando do trabalho?

— Estou...

— Somos do mesmo setor...

— Eu sei...

— Pois então... Qualquer necessidade, conte comigo.

— Obrigada...

E seguiu num passo mais rápido de volta à sala, três andares abaixo, tão impressionado com o que vira pela frente, como ficara com o balanço suave, visto por trás. Muito bonita... De tão alheio quase foi espremido pela porta do elevador — raio de velharia! — aparando o golpe duro bem no meio do braço esquerdo. Torceu para que a moça não tivesse percebido.

Naquela tarde voltou para casa como se tivesse visto passarinho verde. A fila na garagem, o trânsito impossível e até a recepção protocolar da mulher caíram melhor que de hábito: um mundo de paisagens novas se abria por dentro e por fora.

Logo no dia seguinte lembrava de ter pedido à secretária para levantar toda a informação sobre a moça, no Departamento de Pessoal. Como justificativa, o fato de não dispor de quadros em número suficiente para assisti-lo no trato, sempre difícil, com os responsáveis pelas operações de lançamento. Queria ver se ela tinha o perfil adequado.

Na última meia hora do período da manhã recebeu a ficha completa — rapidez no atendimento era uma das vantagens dos postos de chefia:

- nome;
- estado civil;
- dependentes;
- endereço;
- escolaridade;
- passagem por outras empresas;
- tempo de casa.

O nome era bonito, suave como o andar; divorciada; um filho; apartamento próprio em bairro nobre; curso superior completo; nunca havia trabalhado antes e estava na empresa havia poucas semanas.

Assim que deu um intervalo saiu a campo na esperança de integrá-la à sua área.

— Sem condição. Depois do treinamento ela segue para atender à presidência...

Teve que achar outras saídas. Então foi cercando nos corredores, na cantina, elevador, garagem — de manhã, de tardezinha —, na calçada, fim do expediente, estudando trajetos e horários para aumentar as chances de vê-la ondular o corpo, expressão sempre meio ausente: barreira impenetrável erguida sobre padrões de um mundo distando — léguas — do mundo acanhado de onde viera.

Às vezes calhava de chegarem juntos. Então corria para estacionar na frente e ter tempo de ir até o carro dela abrir a porta e abordar, cada vez com um pretexto:

— Olá, achei que estava carregada…

Ou:

— Bom dia, como vai? E a rotina, já se habituou?

Fora a brincadeira de sempre:

— Quando é que você vem para o meu setor?

Ela sorria sussurrando uma ou duas palavras imprecisas, aceitava a ajuda — se volumes ou sacolas houvesse — e subiam juntos pelo elevador.

Nessa investida, o remorso em relação ao casamento pesava, mas não muito. Afinal dera à mulher tudo aquilo de que ela mais precisava: segurança material, um filho encantador e respeitabilidade. Mas em poucos anos havia se tornado uma senhora ampla e, jovem ainda — pele brilhante, esticada, cabelos bastos —, adotara aquela mímica de gestos largos e fala vagarosa, própria de faixas acomodadas muito além da cronologia real. E como a inquietação dela fosse muito menor que a dele, a felicidade parecia se ajeitar, com folga, nos limites dos cômodos bem mobiliados, no apartamento novo e confortável a uma quadra da praia. Tinha construído com meticulosa minúcia uma identidade maternal monolítica, sem atalho para qualquer tipo de variante que pudesse levar à experiência mais complexa da vida disposta para ser enfrentada a dois, fosse no plano amoroso, fosse no terreno da simples camaradagem. E isso era visível para qualquer um que se desse ao trabalho de observar. Pelo jeito, o ideal-supremo era aquele mesmo: harmonia dentro da casa, limpa, organizada, atenção prestimosa e exclusivamente posta no filho, todo esse conjunto escorado por um provedor confiável.

O horizonte dele, por sua vez, tendo sido até ali dominado pelo empenho na ascensão profissional, fazia com que se pusesse como o primeiro responsável pelo ajuste doméstico chocho. De qualquer forma, por uma ou outra razão, o fato é que começou a sentir-se cada dia mais disponível, a nova colega de trabalho — tão bonita! — puxando sem se dar conta o fio do novelo erótico intocado havia tempos. E como a carne é fraca e a cabeça não ajuda — conforme entreouvia, menino, nas conversas dos mais velhos, rodeando os tropeços de quem saísse do trilho conjugal —, quando deu por si estava atado, dia e noite carente da presença daquela mulher com ar distante, brotada nas bordas do privilégio, capaz de atiçar todos os seus desejos sem que para isso precisasse de muitos artifícios. Bastava surgir em seu campo de visão deslizando pelos corredores; mordiscar um sanduíche, dentes atentíssimos protegendo os lábios das migalhas; pernas à vista nas saias curtas ou despejar nele os olhos doces enquanto absorvia dados novos a cada reunião — fosse com o pessoal da casa, fosse com os de fora — mostrando-se aplicada em dominar, nos menores detalhes, mais e mais dados, para atender às estratégias de lançamento dos produtos.

Nesta cadência ele acabou se aproximando, aos poucos, de um ritual adotado por boa parte da empresa de que não costumava participar: a convivência com os excessos dos fins de tarde, em todas as sextas-feiras. Sempre evitara camaradagens, principalmente com os subalternos. Não achava bom para o perfil que estava traçando. Além do mais, recursos para aliviar a tensão com formato e horário convencionados nunca o haviam atraído. Acontece que a moça adotara o hábito dos colegas, e semana finda, depois do expediente, lá se ia ela com os outros atrás do chope, antes de voltar para casa. Diante disso passou a ir também como se não quisesse nada — uma sexta ia, outra não —, sentando sempre por perto. Aí, muito lentamente, foi conseguindo fazer com que se acostumasse com a presença dele e, ao mesmo tempo, aprendendo a conviver com a zoeira tonitruante da cidade, na virada para o sábado. Suportava com disposição estoica a estridência — copos, vidro contra vidro; talheres machucando os pratos; o timbre histérico das vozes na euforia exagerada das últimas horas da semana —, brincadeiras vulgares e piadas de sentido duplo. Pela funcionária nova se via disposto a quase tudo.

Não lembrava bem quantas sextas-feiras tinha gastado naquilo, antes dos resultados começarem a aparecer. Seguramente foram muitas. E aí cada palmo ganho era comemorado com efusões solitárias, na confraria dos admiradores da moça que ele próprio fundara e da qual permanecia membro efetivo, fiel e único.

Num desses começos de noite antes de saírem da empresa em bando, atacou decidido:

— E se a gente fosse hoje a outro lugar? Conheço um aqui perto...

O ar surpreso com que cravou os olhões pretos nele ficara intacto na memória, por todos aqueles anos:

— Mas... e os outros?...

— Nem vão perceber.

— Você acha?...

— Acho.

— Não é longe?...

— Nada! Logo ali, a dois quarteirões, virando a esquina.

— Sei...

Bastou uma vez para passarem a ir sozinhos rumo ao chope, toda sexta-feira. Ele, puxando os comandos da moça cada vez para mais perto, derramava-se a propósito de tudo: filho, casamento desandado, infância com a irmandade inumerável, a gratidão pelos parentes, desembocando sempre nos assuntos do trabalho, terreno comum que os trazia um para perto do outro. Ela, reservada, ouvindo mais que falando, volta e meia deixava fugir uma ou outra observação acerca dos pais, das irmãs, do filho, ou do divórcio recente. Pouco, mas o suficiente para revelar que mantinha com a família uma dinâmica de atração e repulsão mais para difícil. Nesse passo foram ficando dia a dia mais ligados e, para seu desvanecimento, começou a perceber que a partir de certo ponto era ela quem o buscava parecendo, também, querer reduzir o intervalo entre a semana corrida e o botequim, no fecho de todas as sextas-feiras. Tinha conseguido ocupar certos campos na afeição da moça, livres para serem tomados por uma figura capaz de salvá-la dela mesma, enredada em um sem-número de atalhos no curso dos quais parecia vir se perdendo, na tentativa de tocar a vida.

Foi quando no começo de uma noite tórrida — março a pleno vapor —, a cidade faiscando como de hábito no entardecer das sextas-feiras, chope em maior quantidade, os dois baixaram a guarda, meio zonzos, entrando por um diálogo que respondia mais ao uso temerário de mãos, braços e bocas do que a qualquer outra coisa.

Essa lembrança ele trazia gravada no peito e na cabeça. Costumava recuperá-la com frequência, aproveitando para polir os cantos e retocar as cores, empenhado em preservar a sensação de plenitude vivida com ardor, no espaço diminuto de um quarto de motel.

Meses a fio ficou assim, submetido à tepidez das formas dela, afoito no cumprimento da transgressão até resolver sair de casa depois de ter pesado bem prós e contras, como era do seu feitio. A partir dali e por longos anos o corpo dele não se livraria do corpo da moça.

No tocante à mulher, teve a impressão de que recebeu a notícia com alívio. Talvez daí para a frente a casa passasse a funcionar mais conforme as expectativas dela e, sendo provedor responsável, devia deixá-la segura de que o trem de vida continuaria no mesmo padrão. Mas a boa acolhida não o salvou de uma crise de consciência, apesar do apoio da irmã, do irmão e da namorada. O filho, pequeno ainda, não entendia bem o que estava acontecendo e nem ele foi capaz de explicar. Quando saiu, malas levando o essencial, foi engasgado. Coração aos pulos depois do abraço comprido no menino e na mãe dele a quem, sinceramente triste, tinha decidido deixar para trás.

Anos antes daquela separação, no mesmo dia em que desembarcou trocando a casa onde crescera pela vida na cidade grande, percebeu nos tios hábitos em tudo diferentes da rotina que levavam os pais.

Muito moço, mais ou menos com a idade em que estava ele, o tio, quando veio, também pusera entre colchetes, do mesmo jeito, pais e irmãos, para tentar o mercado cheio de ofertas. Os tempos eram outros e as oportunidades maiores, mas chegara com propósito igual: trabalhar de dia, estudar de noite, lutando para conseguir a melhor posição a seu alcance. Por sorte, reproduzindo a dinâmica clássica, caiu nas graças do patrão, português abastado, dono de excelente mercearia no centro da cidade e, atende cliente daqui, atende cliente dali, acabou casando com a filha e herdando o negócio do sogro. No fim de alguns anos tinha dado ao comércio impulso e desdobramentos consideráveis, transferindo uma das filiais para a cidade vizinha — bem menor e do outro lado da baía —, para onde também se mudou com mulher e filhos. Construiu uma casa espaçosa em bairro sossegado, rua cheia de árvores, escolhida, repetia sempre, por lembrar a rua em que passara a infância.

E nessa casa o sobrinho foi acolhido com um afeto do qual não esqueceu, quase morrendo de susto quando a tia plantou-lhe um beijo em cada bochecha, e o tio apertou-o carinhosamente contra o peito. Vermelho, sentiu o sangue correr do gogó ao topo da cabeça sem conseguir disfarçar. Nunca os pais tinham feito nada parecido. Sem jeito, desviou, voltando-se para a malinha, remexendo nela até estender para a tia um pacote grande, cheio de castanha de caju que a mãe tinha torrado em casa e uma toalha com as bordas guarnecidas no ponto típico da região. E foram dali para o almoço já posto. O ônibus tinha cravado em cima do meio-dia e, da rodoviária até a casa dos parentes, se passara perto de uma hora.

Sem pedir da cabeça nenhum excesso de minúcia, foi desencavando a lembrança de mais e mais surpresas com aqueles costumes diferentes. Os primos chamavam o pai e a mãe de "você" e tinham o mesmo direito que eles a voz e opinião. Ressabiado ficou quieto, falando só quando perguntavam alguma coisa. Na mesa, o arranjo dos pratos e dos talheres também não era seu conhecido: tudo olhando para o teto e não emborcado, como na casa de onde ele vinha. Até o jeito deles pegarem no garfo e na faca era outro: pela ponta, usando só poucos dedos. Ficou impressionadíssimo: como conseguiam sem deixar cair? Achou bonito não podendo adivinhar que em pouco tempo estaria fazendo igualzinho, com a maior desenvoltura. E não vê que nenhum deles falava com a boca cheia: mastigavam bem primeiro e só depois de tudo engolido voltavam à conversa. Com jeito, disfarçando, prestava a maior atenção para evitar fazer feio, absorvendo, sôfrego, as maneiras daquele grupo melhor situado na vida que o seu, eternamente tolhido por uma economia estrita, fruto do emprego modesto do pai e das necessidades — minguadas, mas incontornáveis — de seus doze membros.

Depois da sobremesa, do café e desse início de aprendizado, o primo caçula foi com ele para o andar de cima, para o quarto onde ficariam juntos. Mostrou as gavetas e a parte do armário em que ia poder acomodar as coisas de uso pessoal: poucas, muito poucas. E ele jamais tinha esquecido o esforço de compostura para não derrubar o queixo. O quarto do primo correspondia à melhor parcela de um anseio alimentado anos a fio: duas camas apenas — não três beliches e um estrado de solteiro, como no seu, repartidos com os seis irmãos homens —, uma cômoda em madeira clarinha, armário embutido da cor da parede e, para todo lado, flâmulas de clubes e fotografias dos craques do coração, impecáveis em seus uniformes com pose de campeões. Numa das quinas da parede, a estante com o aparelho de som, uma porção de discos e livros empezinhos — colados uns nos outros —, títulos e autores dos quais iria se aproximar aos poucos ajudado pelo primo, companhias novas na passagem para uma etapa diferente: *Robinson Crusoé*, *A ilha do tesouro*, *Tarzan*, todos os *Sherlock Holmes*, todas as Agatha Christie, os Raymond Chandler, os Dashiell Hammett e, por conta da influência do avô português, alguma coisa de Eça de Queirós e Camilo Castelo Branco. E quando precisava dar sossego aos olhos, descansava-os sobre a copa viçosa das amendoeiras, correndo embaixo da janela de uma ponta a outra do quarteirão.

Em menos de uma semana era como se nunca tivesse vivido em outro lugar. Tudo vinha ao encontro de seu agrado: os parentes, a comida — que não ficava presa no estômago o dia inteiro, remanchando —, a casa espaçosa, o silêncio da rua sombreada e, principalmente, o quarto do primo. Os outros dois, o mais velho e o do meio, também eram simpáticos, mas com eles tinha menos lida, porque ambos já trabalhavam com o pai e só estavam em casa na hora do jantar e nos fins de semana.

Foi naquele ponto da convivência com o carinho dos tios pelos três filhos que tomou uma decisão. Porque ficava comparando a secura crônica dos pais, sempre na vizinhança do destempero, pouco atentos à natureza de cada um dos dez meninos que tinham chamado ao mundo, com o afeto e a alegria transbordantes da casa em que passara a morar. Então voltava, depois de todos esses anos, aos mergulhos para dentro de si quando, mãos enlaçando os joelhos, olhos no chão e tronco inclinado para a frente, se punha quieto, alheio a tudo — aos parentes, às visitas, às conversas —, tentando descobrir atalhos que o ajudassem a juntar aqueles dois mundos. E lembrava como viera dali a determinação: tendo filhos, não iria tratá-los como os pais sempre haviam tratado a ele e aos irmãos e irmãs, aquilo doía muito! Ia ser como os tios e prestar atenção ao jeito de cada um. Também não ia querer filhos demais: dois estaria de muito bom tamanho.

Acabou seguindo o propósito à risca: teve um, apenas, e a camaradagem com ele não podia ser maior. Mesmo depois de separado, morando noutra casa com a outra mulher nova e o filho dela, acomodou a situação de tal forma que os dois meninos acabaram unidos e gostando muito um do outro.

Também tinha sido difícil o ajuste aos códigos da cidade grande, experiência que, vista agora, passado tanto tempo, ecoava estranhíssima. Seu amigo, o primo caçula, mostrava um traquejo invejável para a vida naquelas cidadonas, traquejo que ele tentava reproduzir prestando atenção a tudo, o tempo todo. O primo se preparava para fazer administração de empresas, não deixando por menos. Juntara informações acerca dos bons cursos e queria ir para o melhor. Então foi no rastro dele e passou a estudar junto, contando com a generosidade do tio que logo o chamou para uma conversa. Guardava o diálogo do começo ao fim, tantas e tantas vezes voltara a ele:

— Olha aqui, menino, vamos fazer um trato: enquanto estiver às voltas com o vestibular, você não trabalha. Te dou um dinheirinho contando com o compromisso de que vai se esforçar para vencer na primeira tentativa e daqui a uns meses a gente retoma o assunto, está bem?

— Está sim senhor, meu tio. Muito obrigado.

— E não precisa me chamar de senhor que seus primos não me tratam assim.

— Sim senhor... quer dizer, está bem... tio...

Sempre quisera fazer administração de empresas, vai daí se debruçou sem descanso sobre os manuais do primo, inventando com ele métodos para aguçar a memória e reter o essencial das matérias, um sempre testando o aproveitamento do outro. E por cerca de onze meses quase não viu a cor da rua. Cinema e praia então: nem pensar. De vez em quando pegava um livro para espairecer, servido pela pequena biblioteca ao alcance da mão, ali mesmo, no quarto. Ou ouvia um pouco de música, escolhida entre os discos alinhados com ordem, na estante. Televisão, muito raramente, porque de noite ela ficava por conta dos tios e, de dia, além de estar mergulhado nas apostilas, ninguém na casa tinha o hábito de ligá-la. E nesse passo foi indo até o primeiro exame.

Custou a encontrar a sala. Mas estava calmo e calmo ficou até dar por encerrada a primeira prova, em tempo antes curto.

Nos dias seguintes a experiência se repetiu: sempre a tranquilidade dos dois — a dele e a do primo — contraposta ao nervosismo dos outros. Fosse por causa desse controle, fosse por causa da segurança de estarem senhores de todas as matérias, o fato é que acabaram ficando entre os primeiros colocados, podendo escolher, findos os exames e como planejado, o melhor entre os vários cursos disponíveis.

Reafirmando o carinho, os tios comemoraram com um jantar em família calçado pelo melhor vinho verde em estoque na casa comercial, sem fazer distinção entre o primo e ele. A festa foi a mesma para os dois e essa delicadeza jurou reter por toda a vida, vivesse o tempo que fosse.

Escreveu aos pais contando — das provas e do jantar — conforme o hábito da comunicação a cada trinta dias, metodicamente instituído desde o princípio. Para a irmã mais velha e o irmão predileto escrevia muito também, com maior liberdade nas datas e nos assuntos, pedindo que se preparassem para vir encontrá-lo. Queria trazê-los assim que tivesse condições de arcar com a vinda de ambos.

Dando outro salto trouxe para a memória o arrimo afetivo de que precisou quando resolveu deixar a primeira mulher. A irmã se envolveu mais, apreensiva, preocupada com o perfil da nova escolha, distante da maneira de ser da família deles. Era mesmo. A moça nascera num meio metido a besta, gente escrava das aparências, nariz eternamente torcido para tudo o que estivesse fora do pequeno território por onde lhes parecia conveniente circular. Achou a decisão tão afoita quanto a que tinha levado ao primeiro casamento, mas por outras razões:

— Não pode dar certo, é outro mundo...

Também como antes, cuidados não adiantaram nem um pouco. Nessas ocasiões ele ouvia apenas a si mesmo e a mais ninguém. E mal conhecendo a nova preferida, a irmã guardava muito afeto pela primeira. Se ocupara dela com empenho transformando-a na excelente dona de casa que veio a ser e, por esse e outros motivos, o carinho permanecia intacto. Já o caçula, além de não ter o hábito de se ocupar com os problemas dos mais velhos, havia certo tempo estava envolvido com política sem conseguir pensar em mais nada. Deu um abraço afetuoso, disse que podia contar com ele para o que desse e viesse e sumiu, absorvido pela rotina das discussões, alianças e rompimentos, obediente às determinações do partido.

Visto pelo foco do desalento que o paralisava na manhã sem aragem daquele verão, o excesso de confiança de anos atrás emergia patético. Continuava na sala escaldante, pés mordidos pela areia da véspera, camisa empapada e emoção em transe, num sobressalto interior em tudo contrário à quebradeira que o pregava sem ação no mesmo sofá, havia horas. Onde teria entornado o caldo se a vida caminhava tranquila? Ele, é verdade, bem mais disposto em se ajustar aos padrões da mulher do que ela aos dele. Muitas vezes precisara fazer força para ninguém perceber o deslumbramento tomando conta. Era outro mundo, de fato, e sob certos aspectos, meio chocante para os padrões com os quais sempre lidara, primeiro, na casa onde nascera, depois, na casa dos tios. Os negócios do cunhado, por exemplo. Embora tratando-se de homem discreto, já tinha surpreendido trechos de diálogos entre ele e o sogro de ambos. Mesmo cifrados deixavam transparecer artifícios tortuosos para varar concorrências e acessos comprometedores a figurões da política. No entanto, apesar de um ou outro estranhamento, naquela nova fase as coisas tinham caído como sopa no mel. O convívio com mulheres tratadíssimas, bonitas, cuidadosamente compostas, exalando essências raras e criaturas da mais rebuscada sofisticação; a frequência a casas — no campo, na praia ou na cidade — onde se recebia com um aparato apenas comparável ao que, até o fim da adolescência, vira apenas nos filmes americanos; viagens de jatinho para visitas rápidas a países improváveis onde nunca sonhara ir, preso como havia ficado, anos a fio, ao circuito clássico dos centros ricos que, no exterior, ofereciam melhores recursos para aprimorá-lo profissionalmente — tudo isso era o que sempre buscara. De tal forma que a lembrança da casa longínqua — com os pais e os irmãos nela — esmaecia, atropelada pela força das experiências novas. Gostava de sentir-se à vontade e aceito no meio da mulher, tendo trabalhado as maneiras com tal mimetismo que não seria possível distingui-lo de quem nascera e se formara ali onde ele não passava de inquilino recente. Também, graças ao segundo casamento, tinha mudado o conceito de boa aparência, e o que valera até alguns anos, não valia mais. Passou a prestar atenção à matéria tátil dos tecidos, aprendendo a conhecê-los a fundo: mesmo de olhos fechados podia saber se prestavam ou não, ficando a salvo dos alfaiates que tentassem empurrar cortes de segunda para cima dele. E juntara um conjunto respeitável de gravatas do melhor gosto e qualidade, preferindo as de jacquard de seda às de tricô, mesmo se fossem italianas. De lã, guardava apenas duas ou três só para as viagens, porque elas não atendiam ao clima quente da cidade onde vivia. E tinham de ser inglesas. Quanto aos sapatos, eram poucos e bons. Sempre no melhor couro, em modelos clássicos — inclusive os esportivos —, apenas pretos e em tons que se afastavam pouco de uma gama estreita de marrons.

A mulher era de se ocupar menos com roupa. Trazia a origem social impressa na testa e por isso não precisava tanto. Então cabia a ele ficar em cima, tomando conta. E nos compromissos importantes ajudava a escolher o vestido, atento à proximidade com bolsas, sapatos, brincos e colares porque, ela por ela, pegava a primeira coisa que encontrasse no armário onde, a propósito, tinha só do bom e do melhor. Mas ele costumava participar das decisões, demonstrando para o assunto gosto e inclinação até pouco tempo insuspeitados, comprazendo-se em fazer da mulher uma jovem senhora alinhadíssima. Até porque era sobre ele que se espraiava o sucesso, para o qual contribuía um guarda-roupa em eterna construção, alimentado com as peças exclusivas despejadas pela cunhada rica, em intervalos curtos e regulares.

Sempre entregue aos caprichos da memória — a partir de certo ponto movendo-se por conta própria —, no que ainda restava daquela manhã infeliz —, aportou na lembrança da semana seguinte ao ingresso na universidade quando, passadas as comemorações, veio à tona o acordo feito um ano antes com o tio: dali para a frente ia poder contar com casa, comida e roupa limpa, mas, dando com um emprego, acabava a ajuda financeira. Então começou a busca. Só que antes de sair recortando anúncio em jornal, ou varrer a cidade no outro lado da baía sem muito destino, sempre objetivo, fixou um campo: queria trabalhar numa corretora, atuando no pregão da Bolsa de Valores. Havia se informado nas brechas do estudo e concluíra que, naquele momento, era a ocupação que melhor convinha. Ficando atento poderia até ganhar algum dinheiro, e o tempo a ser dedicado ao trabalho deixava espaço suficiente para a faculdade.

Seu padrão de aprendizado sempre fora bom. Retinha informações com rapidez por isso costumava ser dos primeiros da classe. Além do mais era afável e, em casa, quem menos se indispunha. Sentindo problema no ar caso o pai voltasse contrafeito do banco, a mãe tivesse esquecido a sobremesa no forno, algum dos irmãos apanhado na rua ou a mais velha rompido — pela undécima vez — com o namorado, dava sempre um jeito de desguiar, evitando pretexto para atritos. Já mais taludo, em ocasiões parecidas, torcia o humor de quem chegasse em casa desviado de si — fosse quem fosse — sempre com o gesto oportuno e a palavra certa. Então estava seguro de poder acompanhar com o mesmo faro e adequação as oscilações do mercado, dos superiores e dos colegas de trabalho, identificando oportunidades para a empresa que o empregasse e meios de transformar as oportunidades em lucro. Além do mais, vacinado contra o tumulto nem bem descera do ônibus direto para a imersão na rodoviária monumental, e já afeito à insensatez das ruas, não se assustou com o espetáculo farsesco do pregão, percebendo logo no primeiro dia a preferência por operadores jovens. Porque aguentavam bem o tranco dado o vigor físico, a precisão dos reflexos e a agilidade à flor dos músculos. Ouviam com nitidez o que chegava de todos os pontos, se deslocavam como raios no emaranhado truculento das trocas e ofertas de ações, numa época em que o pregão eletrônico ainda não constituía a norma. Para completar, os mais moços conviviam bem com a agitação da Bolsa povoada, no revés, por esgares de pânico e gestos desesperados atirados em todas as direções; ou saltos de entusiasmo e urros trovejantes no fechamento dos bons negócios. Porque na Bolsa, o barulho mais a confusão eram tomados como brincadeira — quase molecagem —, por ele e pelos companheiros, todos meio meninos ainda, recém-chegados aos vinte anos. Serviam-se da cultura ambiente para dar vazão à enorme vitalidade, atentos ao fato de que, em meio ao empurra-empurra e à chacota, os negócios exigiam aptidões para além da rapidez dos reflexos. Precisavam estar atentos às chances do escambo, intuindo o rumo de cada papel: sem isso, nada feito. E assim foi indo e logo tomou gosto pelo pregão, tornando-se excelente operador. Abriu um lugar sólido na corretora chegando, como era seu desejo e necessidade, a escorar sozinho os estudos nos quatro anos do curso noturno. As coisas andaram tão bem que, no fim do segundo, trouxe irmã e irmão para viver com ele, não sem antes tourear os pais, resistentes à ideia de que a filha escapasse ao controle de ambos.

Então alugou um apartamento pequeno perto da casa dos tios. Seria mais barato ficar por ali, já havia se acostumado a vencer diariamente as águas e tinha certeza de que os irmãos se acostumariam também.

Fechando a etapa dos ventos favoráveis, a ideia de uma presença feminina próxima por si só já era um alento. E a irmã deu mesmo outra vida ao recorte dos dias e mais coragem para enfrentar o trabalho da casa, sempre atemorizante para qualquer homem, abaixo da linha do Equador. Não que pretendesse explorá-la, relegando-a à função de governanta, longe dele. Nem jamais quis vê-la tender a um destino miúdo como o da mãe: aprendera cedo a medir a extensão do que era capaz. Fora ela quem o encorajara a vir embora; era sempre ela quem atiçava o olhar dos pais e dos irmãos para os poucos espetáculos de teatro que aportavam na cidade, vindos do sul; para um ou outro filme em cartaz, recomendação também colhida nos jornais do sul, nas visitas de todas as semanas à precária Biblioteca Municipal. Onde pescava os títulos possíveis num conjunto para lá de acanhado, base, apesar disso, do pequeno capital de leituras que conseguira juntar, driblando as disposições da casa deles que não previa espaço para estantes, muito menos para livros.

Então, quando os dois chegaram, propôs acordo igual ao feito com o tio: enquanto se preparassem, cada qual para seu curso, não trabalhariam. Estava podendo arcar com as despesas e queria apenas a ajuda — de ambos, deixou claro — na gerência dos assuntos de todos os dias: feira, supermercado, lavanderia, trato com o síndico do prédio, administração das contas e assim por diante. E, como ele, os irmãos entraram na faculdade logo na primeira tentativa.

Começou então um tempo de que tinha muita saudade, e naqueles anos juntos, longe do resto da família, os irmãos e ele ajustaram ainda mais as semelhanças que faziam dos três conjunto à parte dentro do grupo.

Aos domingos almoçavam na casa dos tios, onde todos eram tão atenciosos com os dois como haviam sido com ele; durante a semana havia o trabalho e a faculdade. Chegava em casa tarde esbodegado, mas feliz da vida: tudo estava saindo conforme seu desejo e, ainda por cima, podia contar com a comida quente posta na mesa pela irmã, com afeto. Encontrava sempre os dois presos no estudo. Interrompiam e vinham jantar com ele numa prosa boa, primeiro estágio do descanso que o levaria até o dia seguinte, refeito para novo pregão.

E assim foram tocando, seguros de contar uns com os outros e com tios e primos ali perto, no agradável exílio em que haviam transformado a vida longe de casa e da cidade sem muitos recursos nem atrações, pano de fundo para uma cena à qual nenhum dos três pretendia voltar.

Quando foi um dia aconteceu dele dar de frente, na corretora, com uma secretária recém-admitida. Bem torneada, muito loura, queimadíssima de sol e, por inteiro, do mais legítimo dourado: pelinhos na perna brilhando à luz do dia feito lascas de pepitas polidas. Seguindo o rastro da lembrança abordou a secretária sem rodeios: estava atraído como nunca, não queria perdê-la para ninguém dali nem de nenhum outro lugar e, quando no final de uma semana sentiu a resistência da moça amaciada, deu o bote com sucesso, que ela também não era de meandros.

Então passaram a se encontrar em todos os intervalos possíveis, certos dias duas vezes até: na hora do almoço e de noitinha, antes da faculdade. Era feita de fogo e ele só pensava no cheiro ardido, na maciez das pernas, nos pinotes que a moça dava sem nenhum empenho em disfarçar, mas sobretudo na extrema consideração por todos os acidentes inexplorados da superfície dele. Coisa de louco! Onde teria aprendido aquilo! Não vê que lá na cidadinha moça decente sabia tanto! Em pouco tempo a aplicação amorosa alcançou tal cadência que se instituiu certa disputa entre os dois para medir quem alcançava o ápice mais prolongado. Ficaram meses se comprazendo nesse jogo e, sendo sábado ou domingo, largados de todo o resto.

Como não podia deixar de ser, os irmãos perceberam o novo ritmo e, informados do namoro, pediram para conhecer a moça. Tudo bem, ele era o chefe da casa e tinha o direito de meter o nariz na situação erótica que melhor lhe aprouvesse: queriam apenas assuntar o perfil da escolha. Pelo menos foi o que disseram. Dependente das habilidades amorosas da namorada como andava achou bom ouvir outras opiniões, oportuno mesmo, então convidou-a para jantar no apartamento.

As coisas correram sobre carretéis: a moça gostou dos dois, eles gostaram dela, e a partir dali tornou-se presença assídua.

Andava havia cerca de seis meses nesse passo quando resolveu casar perguntando se os irmãos não se incomodavam a moça indo para lá. Disseram que não. Já haviam se acostumado, além de não estarem em situação de criar impedimentos numa casa sustentada por ele. A irmã, a bem da verdade, achou tudo um pouco precipitado. Para ela, meio ano não era tempo para duas pessoas se conhecerem. Mas ele rebateu seguro com quantos argumentos tinha e não houve jeito.

Então os tios mostraram, mais uma vez, a extensão da generosidade, oferecendo um almoço aos noivos, depois da cerimônia civil. Era um sábado de céu limpo e além dos dois irmãos, tios e primos, estavam apenas os pais e a irmã da noiva, bem menos assertivos que ela, gente modesta de maneiras recatadas para quem aquele casamento parecia cair como extraordinária promoção.

O pai e a mãe dele mandaram um dinheirinho de presente e se eximiram de juízos. Quando se tem dez criaturas para criar, qualquer conselho acaba ficando pelo caminho e não há espaço nem disposição para discutir as razões de cada uma. Como deixavam transparecer, o tempo todo.

Depois de casados marido e mulher resolveram que a moça continuaria trabalhando na corretora, para onde passaram a ir juntos todas as manhãs. De tarde vinha só. Ele ainda tinha pela frente uma última etapa no curso de administração, mas estava tranquilo. Tudo parecia indicar que a mulher se distraía na barcaça, olhos entretidos entre o céu, as ondas e o perfil das duas cidades debruçadas sobre a água, uma de cada lado da baía. Novidade completa para quem, como ela, limitara o circuito, até ali, às montanhas quentes e descarnadas dos bairros modestos, afastados da praia, onde sempre tinha vivido e ao tropel sufocante do centro na obrigação, sem muito horizonte, dos poucos empregos que conseguira.

Nesse ponto, fazendo uma pausa na memória, se viu juntando mentalmente as duas mulheres. Eram opostas e ele já havia se perguntado um bom par de vezes, antes daquela manhã lamentável, que impulso o teria posto atrás das duas com a mesma sofreguidão. Nada de uma batia no que tinha a outra. Eram tão absolutamente díspares que poderiam até se interessar uma pela outra, e trocar ideias sobre as respectivas diferenças, numa curiosidade compreensível, provocada pela enorme distância. E pouco antes de se afastar da primeira, lembrava de ter chegado a viver a fantasia de tê-las juntas no transporte erótico de cada uma, alvo único das atenções lascivas de ambas. Aliás, não seriam as duas meras extensões dele próprio, cada uma encarnando um lado seu? Porque a primeira dera uma bela guinada social casando-se com o jovem promissor prestes a sair da faculdade. Tinha ajudado a desatar-lhe os sentidos confrontando-o com possibilidades do próprio corpo que ele não conhecia, apoiando-o, companheira, num começo de vida mais para difícil. E quando, terminada a faculdade encontrou boa colocação, como ela estivesse grávida, os irmãos já pudessem, seguindo o exemplo dele, trabalhar de dia estudando à noite, deixou os dois no apartamentozinho em que tinham passado bons momentos os quatro juntos, e mudou para a outra margem da baía decidido a enfrentar o sobressalto da cidade grande.

Alugou uma casa de vila em bairro tranquilo, de fácil acesso para o emprego e, nela, cuidaram de receber o filho que se anunciava.

Com a maternidade e diante da trabalheira na casa nova e maior, que dali para a frente teria de tocar sozinha sem a mão da cunhada, a mulher deixara o emprego dedicando-se apenas ao cotidiano doméstico. E assim foram indo, satisfeitos um com o outro, com o filho recém-nascido e o sobradinho de dois andares.

Sempre aos domingos os irmãos mais a família dela vinham para o almoço e para namorar o menino, por quem todos se perdiam de paixão. As coisas corriam sobre trilhos, ela não cogitando retomar o trabalho, como de fato não retomou, concentrada na criança e na casa — um capricho só —, tinindo de alto a baixo sob a direção da excelente profissional do lar que havia se tornado. De dois em dois meses, mais ou menos, atravessavam a baía para visitar tios e primos. A ligação era profunda e ele fazia questão de reafirmá-la com a doçura descoberta na convivência com os parentes. Deles tinha absorvido hábitos completamente novos: do jeito de manejar garfo e faca durante as refeições, ao empenho em não interromper os que estivessem falando nem largar a voz em tom acima do necessário, no engano de que apenas viesse a ser entendido com timbre reforçado. Isso para dizer o mínimo. O ramo português fora fundamental para definir o comportamento da família do tio. Segundo os primos o avô tinha sido um homem amável que, além das boas maneiras, hábito corrente nas camadas médias das capitais portuguesas, praticava com profissionalismo a cortesia, condição reconhecida como indispensável a qualquer comerciante de bom nível. E dessa cultura fazia parte o cuidado com o outro, estendidos do trabalho ao convívio dentro de casa. Assim acabou se beneficiando, por via indireta, com os hábitos de um avô que nem era dele. Mas, para além disso, os tios e os primos mostraram como a vida doméstica pode ser fonte de prazer e não, conforme acontecia na casa em que tinha nascido, fonte de conflito, aspereza e mau humor constantes. A revelação dessa harmonia cotidiana foi um legado precioso que recebeu dos parentes, e dali em diante não abriria mão dela por nada.

Bem naquele momento firmou-se na profissão. O trabalho tinha decolado numa estatal da área da cultura e acabou levando-o para um campo onde em pouco tempo se especializou, tornando-se dos mais afiados do setor. E foi tão rápido na escalada profissional que atingiu logo excelente posto, deixando acima apenas os quadros da presidência, responsáveis por cada uma das duas grandes áreas de atividades em que se organizava a empresa. A situação dos irmãos também era boa e ambos tinham se encaminhado dentro das respectivas linhas de interesse, depois de muito estudo e parcela igual de trabalho. Então definiu com eles, a mulher e o filho, o núcleo da pequena comunidade enraizada longe de onde nascera, construindo vida nova num quadro promissor.

Fixada a base, lembrava bem do empenho gasto para ampliá-la: era sempre o primeiro candidato aos cursos de especialização propostos pela empresa, mesmo com o transtorno que pudessem trazer ao cotidiano tranquilo que havia construído. Passou a viajar com frequência para o exterior — onde os conhecimentos na sua área eram maiores —, aprimorou o inglês, conheceu países mais civilizados aguçando a percepção para fatos e pessoas.

Na volta procurava interessar a mulher no que tinha visto e aprendido. Com muito pouco sucesso: enquanto ia desdobrando o entusiasmo em descrições detalhadas, ela se esforçava para não deixar transparecer o sono, a falta de curiosidade, a preocupação com o menu de todos os dias e o dever que se impunha de puxar pela imaginação, nas variações diárias do lanche que o menino levaria para a escola.

Na sequência dos acontecimentos o tempo foi correndo rápido demais e a mulher começou a se distanciar, ano após ano, do centro de interesses mais vivos em torno dos quais vinha concentrando a atenção, embora apenas graças a ela houvesse ficado plenamente confiante como homem — e isso ele admitia —, educando a porção erótica no ardor de um apetite desconhecido até encontrá-la. Mas, nesse campo, as mudanças seguiram sem muita misericórdia. Depois do filho a mulher não voltou a ser quem era, descuidou do corpo e descuidou dele, na mesma intensidade em que, num crescendo, a casa brunia e o menino também. Para compensar redobrava a carga de trabalho apoiando-se no afeto dos irmãos. Mergulhou na empresa e foi levando sem muito entusiasmo os fins de semana, quando o confronto com o esfriamento da situação conjugal ficava mais nítido, obrigando-o a ir atrás de paliativos: um teatro daqui um cinema dali, novos restaurantes a cada sexta-feira, sempre na companhia de amigos que era para disfarçar um pouco a falta de assunto com a mulher.

No entanto, mesmo apartado sentimentalmente da mulher e ela dele, não deixou que se instalasse no casamento um clima de rispidez e impaciência. Estabelecera muito cedo essa meta e procurava mantê-la. Como, no caso, quem definia o modelo doméstico era o chefe da família — ele, portanto — os dois foram seguindo frios mas respeitosos, levando a convivência com polidez.

Já com a segunda mulher — ou seria a outra extensão dele mesmo? — as coisas tinham se passado de forma diferente. No começo, no meio e, pelo jeito, agora, quando, a partir da véspera, tudo parecia indicar que o casamento beirava o fim.

Ao separar-se da primeira, como estivesse ganhando bem, pôde se dar ao luxo de manter duas casas, tendo claro que, dali para a frente, a tarefa dura recaía na tentativa de sedução da família da segunda e do menino, filho dela. Mas, com a habitual confiança em si, sabia que chegava lá. Paciente, hábil, acostumado a dar volta em dificuldade e bem nutrido de energia amorosa, seguiu com a determinação de sempre, satisfeito com as mudanças no ritmo da vida. De todas, a melhor era a presença daquela mulher bonita, dia e noite ao alcance de seu desejo.

Do menino, criança triste, ensimesmada, foi tratando com carinho e atenção. Assim em pouco tempo os dois não apenas se tornaram bons amigos, como conseguiu integrar o próprio filho à camaradagem. Então lá se iam os três nos idos daquelas tardes de sábado para os programas de "homem", enquanto a mulher cuidava das unhas, do cabelo, ia visitar os pais, as irmãs e, vez ou outra, alguma amiga.

Quanto à conquista do sogro e da sogra, não precisou empregar muito esforço, como previra: rapidamente os entraves sumiram. Eram cheios de fricotes, tinha de admitir, mas, por outro lado, senhores de um cabedal precioso, mão na luva para a progressiva escalada social que o ocupava com método havia anos. Com eles foi aprendendo coisas diferentes mas tão valiosas quanto as que tinha aprendido com tios e primos. Apurou a maneira de vestir, gesticular; depois de observá-los bem trouxe para as próprias frases laivos de um certo sarcasmo, adequado ao desempenho em festas, coquetéis, almoços e jantares, principalmente se o assunto recaísse em política ou na fraqueza alheia; começou a se interessar por jogos de tênis e não perdia nenhum dos grandes torneios internacionais assim como, desde muito cedo, sempre fizera com o futebol; foi introduzido aos rudimentos do *bridge* e levou o paladar para os vinhos muito além da iniciação na casa dos parentes a quem apresentou, orgulhoso, a mulher nova, no correr de certo domingo, quando tudo andou como devia, apesar de algum constrangimento de ambos os lados. Os tios e os primos, como a irmã, se ajeitavam melhor com a primeira mulher, e a segunda, por sua vez, não parecia à vontade frente à contenção cerimoniosa, própria de certa burguesia média, com a qual não tinha o hábito de conviver fora do trabalho. Porque no ambiente artificial de onde vinha, norteado pelo culto das aparências, as maneiras — melhor dizendo, a falta delas — tinham base diferente. Não que demonstrasse grande apreço ao próprio meio, mas havia nascido e crescido nele tornando-se criatura de seu traçado. O fato é que depois da primeira visita, na lembrança dele, a mulher nunca mais cortara a baía para visitar os tios, aparecendo sempre com alguma desculpa. Então ele ia sozinho, ou com o filho e o enteado, que os dois adoravam o passeio.

Já a primeira mulher, num outro comportamento, mantinha vivas as ligações com o pessoal do ex-marido, parentes por afinidade, passando ao largo do travo da separação. Comunicativa, apegada a qualquer tipo de convivência familiar, incorporou todos à rotina da nova etapa de vida. Ele, por sua vez, compreendia o comportamento e as razões das duas. Aprendiz permanente no mundo em que a segunda mulher se formara, entendia as causas da falta de interesse dela pelos parentes. Tendo convivido anos a fio com a anterior, podia perceber por que valorizava tanto a companhia dos tios e dos primos que tinham acolhido, também a ela, com extrema afeição.

No casamento novo a vida social era agitada porque, além das obrigações próprias da função profissional de ambos, havia a extensa rede de relações da família da mulher. Por outro lado, ajudando a reforçar o companheirismo, eles combinavam os mesmos interesses no gosto por viagens, bons restaurantes, preferências pelos registros sonoros dos blues de 1930, por filmes de ação e certa literatura policial vinda de fora, devorada vorazmente nas brochuras de edição econômica lidas ora em inglês, ora em português, mesmo se fossem traduções pouco cuidadas: para eles contava a trama, não a forma como viesse escrita.

Ligando os dois havia ainda — e sobretudo — o mar, instalado na experiência remota de ambos, perto do qual tinham nascido e crescido. O dele, morno, manso; o dela, antes frio e mais para encrespado. E do mar não gostavam de ficar longe por muito tempo com medo de perder a seiva.

Por fim, sentia que o apoio representado pela constância afetiva que ele trouxera para a convivência tinha feito a moça pisar um terreno mais firme do que pisara no período de formação, sob o crivo de pais fúteis, e também no intervalo frustrante do casamento anterior. Apoio aparentemente indispensável para o desenho de um perfil mais definido que, até o surgimento dele, a mulher vinha tendo muita dificuldade para descobrir qual fosse.

O calor daquele janeiro estava difícil de suportar, confirmando as previsões dos últimos meses, no ano que mal chegara ao fim. Sozinho na manhã escaldante, transpirando por quantos poros tinha, pele pegajosa, o rapaz continuava com os olhos fixos nos pés, sem ação depois de fracassar no telefonema rancoroso. O que faria dali para frente? Varrendo as paredes numa atenção mortiça deu com o ar-condicionado embaixo da janela. Levantou-se, ligou o aparelho e, esperando a temperatura descer depois de girar os botões para a maior refrigeração possível, voltou ao sofá onde havia passado uma noite lastimável.

Quando chegassem do fim de semana, o enteado já na cama, tomando cuidado para não se enfurecer e assustar o menino, pegava a mulher de jeito. Queria a versão dela. A dos outros trazia no peito, aos trancos, desde a véspera. Mas ela admitindo fazia o quê? Saía pela porta?

Nos últimos tempos andava incomodado com a distância, achando que era por causa dos tais rearranjos internos da empresa provocados por aqueles dois imbecis, sujeitinhos pretensiosos, intelectuais de esquerda, a corja de sempre. E também por causa da velha: péssima companhia. Com certeza tinha a colher torta dela no meio. Quantas vezes distinguira o tom empolado se destacando no burburinho das vozes, ao fundo, quando a mulher ligava dizendo que ia chegar tarde. Nunca tinha ido com a cara daquela velha, e a dicção pernóstica dela sempre o irritara. Quando ainda trabalhava na empresa bem que ela tinha buscado se aproximar, untuosa, trazida pelos mais diferentes pretextos: erguera um muro em todas as tentativas. Por isso, nos últimos tempos, volta e meia se enfezava ouvindo menções contínuas à criatura, nas conversas com a mulher. Fizera força para pôr freio naquela convivência, alertando em várias ocasiões para a sinuosidade do caráter da advogada. Não tinha adiantado. Assim como não tinham adiantado as críticas feitas às mudanças administrativas que a nova diretoria estava propondo, e agora entendia bem por quê. As causas, na verdade, passavam longe do apego pelo aperfeiçoamento funcional! Embora, para ele, e até um dia antes, a questão em torno das mudanças encerrasse motivo de sobra para a mulher estar assim tão voltada para o trabalho, fazendo hora extra e chegando cada vez mais tarde, alheia ao ritmo da casa. Esquecendo as compras do mês, o filho no judô, as roupas no tintureiro, deixando de orientar as empregadas, a limpeza da casa, além de resistir a qualquer tipo de contato físico.

E agora? Ia ter que mudar tudo, mais uma vez? Viver longe do enteado? Tinha visto aquele menino crescer! E o carinho que dera à criança, anos a fio, por acaso não contara para nada na hora dela embarcar num desvio daqueles?! Era pai melhor que o pai! Não vê que ela encontrava outro igual! Como ia viver longe do rastro de água-de-colônia, do sorriso aberto, dos olhos doces, daquele andar macio? Se fosse para seguir o costume — levado a sério até pouco tempo, na região de onde viera — dava um tiro na testa. Dela. Ou, aceitando a sugestão da natureza, enterrava fundo uma adaga bem afiada no rasgo da vagina e ia subindo firme pela barriga, tórax, pescoço — com ligeira alteração de curso para a esquerda, ou para a direita, tanto fazia — até chegar na carótida. Depois largava, estendida, se esvaindo até a última gota de sangue e saía ileso. Legítima defesa da honra.

Quando chegassem da serra, com cuidado, sem se exaltar demais nem perder o controle escancarando a situação na frente do enteado, tentava extrair alguma coisa. Ia ser difícil. Sempre fora fugidia e esse despistamento era dos traços mais atraentes nela: mistério insondável que nada nem ninguém transpunha. Diante das situações difíceis emudecia baixando os olhos e estavam cerradas duas cortinas de aço. Ou então, diante de assunto que preferisse evitar, ondulava para outro canto na passada característica.

Estava resolvido: juntava alguma coisa — pouca, muito pouca — e ia embora, nunca mais a mulher ouvia falar dele. Deixava o emprego, a cidade, e num passe de mágica liquefazia contra o primeiro vento forte das tempestades que assolariam aquele verão. Depois se despejava na horizontal — enxurrada pelo meio-fio —, até bater no mar. Pena. Para os parentes, os amigos, a mulher e ele eram quase uma entidade: sempre juntos, trabalhando no mesmo setor, companheiros em todos os temas e ocasiões, opinião semelhante acerca de quase tudo. Anos de convivência estreita alargando de maneira conveniente o horizonte de ambos um na direção do outro, em sentido inverso e complementar.

O ar refrigerado havia feito o calor da sala arrefecer. Apanhou pasta, casaco, gravata, os dois sapatos e, deixando o sofá, tomou coragem para chegar até o quarto. Jogou tudo em cima da cama, os sapatos, no tapete. Sem se dar conta de que a opressão não vinha só do peito, mas também do calor intenso boiando no cômodo fechado por mais de vinte e quatro horas, despiu-se e entrou embaixo do chuveiro, no boxe cor-de-rosa. Gosto da mulher com o qual tinha convivido bem por cerca de sete anos, mas que de uma hora para a outra batia nele como um capricho insuportável.

Agradeço a **Walnice Nogueira Galvão** e **Armando Freitas Filho**, amigos queridos, os dois, pela leitura atenta e paciente dos originais de *Anel de vidro*, livrando o texto, dessa forma, de uma boa dúzia de impropriedades.

Agradeço à minha prima **Anna Maria de Assis Ribeiro**, *in memoriam*, mensageira inesperada, que trouxe a mim o título *Anel de vidro*, registrado numa conversa com minha mãe, nos princípios longínquos dos anos 1950.

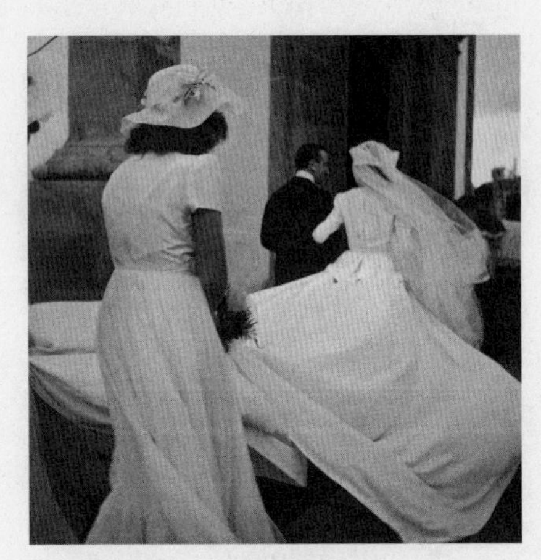

Casamento, provavelmente no Outeiro da Glória, c. 1950. Rio de Janeiro, RJ.
Acervo Instituto Moreira Salles.
Foto original de Carlos Moskovics editada por Daniel Trench para a capa deste livro.

Grafia atualizada segundo o Acordo Ortográfico da Língua Portuguesa de 1990, que entrou em vigor no Brasil em 2009.

capa
Daniel Trench
foto de capa
Instituto Moreira Salles/ Carlos Moskovics
Composição
Lívia Takemura
preparação
Leny Cordeiro
revisão
Huendel Viana
Ana Alvares

Dados Internacionais de Catalogação na Publicação (CIP)

Ecorel, Ana Luisa (1944-)
Anel de vidro / Ana Luisa Escorel. — 1. ed. — São Paulo : Todavia, 2024.

ISBN 978-65-5692-686-5

1. Literatura brasileira. 2. Romance. 3. Ficção contemporânea. I. Título.

CDD B869.3

Índice para catálogo sistemático:
1. Literatura brasileira : Romance B869.3

Bruna Heller — Bibliotecária — CRB 10/2348

todavia
Rua Luís Anhaia, 44
05433.020 São Paulo SP
T. 55 11 3094 0500
www.todavialivros.com.br

fonte
Register*
papel
Pólen natural 80 g/m²
impressão
Geográfica